ア・ルース・ボーイ

KazUmi
SaeKi

佐伯一麦

P+D
BOOKS
小学館

目次

☆

ぼくは十七。いま、坂道の途中に立っている。

上杉幹《みき》と待ち合わせた喫茶店「クー」へ向かう外階段を見上げると、半ばあたりにロープが張られ、そこには〈本日休業〉の白いプレートがぶら下がっている。

ぼくは、チッ、と舌打ちをし、白いタイル貼りの同じ建物の一階にある化粧品店の中を覗いて、壁掛けの時計を見る。

約束の時刻の午前十一時まで五分足らず。

仕方がない、このままここで幹を待とう、とぼくは思う。

バスが二台かろうじて擦れ違うことができるほどの通りの両側に立ち並んでいる商店街の店々のアクリル看板やショーウィンドー、街灯の銀色のポール、アスファルトの路面、行き交う車のフロントガラス……。

目に映るさまざまのものが梅雨明けまぢかを知らせて、ようやく盛夏めいた七月半ばの陽光をまぶしく照り返している。

ぼくは、今年になってからはまだ充分に身体に馴染んでいない熱気と光の横溢《おういつ》に目を細める。額に次々と吹き出す汗を幾度も腕で拭きなぐりながら、陽炎《かげろう》が立ってみえる緩やかな坂道の下方に視線を注ぎ続ける。

(あれは……?)

手持無沙汰な気分を紛らすために、煙草を吸いはじめるとまもなく、車にまじって自転車をこいで坂をのぼってくる男の姿が遠目に見え隠れしていることに、ぼくは気付く。

(……そうだ、やっぱりブラックだ!)

サドルから尻を浮かし、上体を折りたたむようにして頭を上下させながらしだいに近付いてくる男のさんざん見覚えのあるいでたち——この暑さにもかかわらず、灰色のスモックをはおっている——をみとめたとたん、反射的にぼくは、むせながら煙草を捨て、黒いバスケットシューズの底で慌てて踏みつける。

男は、狭い道路を隔ててぼくを見留め、一瞬、顔色を変える。が、すぐに目を逸らし、何も見なかったとでもいうような無表情を装い、通り過ぎて行ってしまう。

彼は、ほんの半月前までぼくが通学していたI高の英語教師だ。ここからだらだら坂を五百メートルばかり下り切ったところにI高はある。生徒指導部の部長でもある彼は、授業をエスケープしてパチンコ店やゲームセンター、雀荘《ジャンそう》などに入りびたっている生徒達がいないかどうか、これから監視に向かうところなのだろう。「ブラック」という彼の仇名は、授業の空き時間には必ずといってよいほど、部室や校舎の屋上、便所などでの隠れた喫煙を取り締まるために、校内の隅々にいたるまで巡回してまわっていることから、ぶらつくその姿を彼自身の地黒な顔色に引っ掛けてこのぼくが命名してやったものだ。かくいうぼく自身も、去年の春、プールサイドの芝生に寝転んで日向《ひなた》ぼっこをしながらの一服がブラックに見つかって、一週間の停学処分を食っている。

まったく、相も変わらず、御苦労様なこった。

みるみる小さくなっていく灰色の後ろ姿に向かって、ぼくは毒づく。同時に、慌てて煙草を捨て、びくついたように身体をこわばらせ立ち竦《すく》んでいた、先刻までの自分に対して腹を立てる。

（あのまま、ぼくが煙草をくわえっぱなしでいても、ブラックの奴、もはや見咎《みとが》めもしなかったにちがいない……）

思いがけず、怒りが一刷毛《はけ》のもとに、淋しさにも似た感情に塗り替えられていくのをすんでのところで押し止《とど》めて、自分の方からI高を見放してやったんじゃないか、とぼくは改めて強く自分に言いきかせる。

「……ア・ルース・フィッシュ《だらしのないやつ》」

ブラックの姿が消えた坂の上をなおも睨み続けながら、ぼくは小さく声に出して言ってみる。

それは、ブラックが、ぼくの額に押した烙印だ。

三年生になってまもない頃の英作文の授業中、ブラックがまるで見せしめのように、ぼくの名前とその語句とを結びつけた例文を力まかせにチョークを折り折り黒板に大書し、それを男ばかりの同級生たちが失笑を洩らすでもなく、無表情にノートしていた——そんな教室のけしきが、ありありとまぶたの裏側に映る。

でも……、とぼくは思い直す。

あのとき、他の数学教師によって「お客さんの指定席」と皮肉られていた教室の窓際の一番後ろの席で屈辱感に耐えながら、そっと、〝loose〟という単語を辞書で引いてみた。すると、「しまりのない」「だらしのない」「道徳感のない」「不身持な」「ずさんな」……などといった否定的な意味ばかりの羅列《られつ》の中に、意外にも、「自由な」とか「解き放たれた」というような意味も混じっていることにぼくは気付いた。ア・ルース・ホース＝放れ駒。ア・ルース・ドッグ＝鎖につながれていない犬……。

そのことを思い出すと、ぼくはにわかに、日本語ではなぜか〝ルーズ〟と濁って発音されているその言葉が、現在の自分にふさわしいように感じられてくる。

アイ・アム・ア・ルース・ボーイ。

そのネガティーヴな意味とポジティーヴな意味との岐路に、いま自分は佇《た》っている、という思いに身が引き締まるのを覚える。

「錨《いかり》をあげて出帆する」

辞書には確かそんな用例も載っていた、と思い及んだぼくは、昨日までのうっとうしい梅雨空から一転して高く澄み渡った青空を大海原に見立て、深呼吸する。

「お待たせ」

突然、背中で声がする。

弾かれたように振り向くと、いつのまにか幹が立っている。髪を無造作にポニーテールに束ね、あらわれている小さな耳から首筋にかけての肌の白さがまばゆい。少し息をはずませ、はにかんだような顔付でこっちをみつめる幹の、その両腕が手ぶらなのを見て、

「あれっ、赤ん坊はどうした?」

とぼくは訝る。

「アパートに置いてきちゃった」

こともなげに、幹はこたえる。

「置いてきたって……、大丈夫なのか?」

「平気よ、出て来る前にミルク飲ませて寝かしつけてきたもの。それから、おむつだってちゃんと取り替えてきたし」

依然心配顔でいるぼくをよそに、幹は自信の強い声で言う。そうして、「寝たのが十時だから……」

と独り言のようにつぶやくと、右手の指を折りながら、

「十一、十二、一、二、と。二時頃まではおとなしく眠っているはず」

と言い加える。「それより、どうしたの、こんなところにボーッと突っ立って」

ぼくは、階段に張られたロープの方に顎をしゃくってみせる。

「おかげで会いたくもないやつにバッタリ会っちまった」

「えっ、誰にあったの？」

顔を近寄せ、心配そうに幹がたずねる。出がけに身体も洗ってきたのか、シャンプーと石鹸のまじった甘い匂いを漂わせている。

「I高の先公さ。それも、よりにもよって、おれが殴っちまった奴」

吐き捨てるようにぼくがこたえると、幹はいたずらっぽい笑みを浮かべ、細い肩をすくめてみせる。

「そっちは誰にも知っている人に会わなかったか？」

「うん、裏道とおってきたから大丈夫」

幹は明るい声でこたえる。

ここ一と月あまりのあいだ、人目を逃れて古い木造アパートの三畳の部屋に閉じこもっていた。そのときに比べて、幹の声音は、少し甲高く響いてきこえる。久し振りに浴びる外光に上気したように、額や頬のあたりをほんのり血の色に染めている初々しい表情。ぼくのジーンズを細いベルトでしぼってはき、白地に胸のところに赤のワンポイントが入っている、これもぼくのお下がりのTシャツを着ている服装を夏のセーラー服に着替えれば、普通の女子高生と何ら変わらない。

とても生後一ヵ月になる赤ん坊の母親だとは信じ難い思いに駆られて、ぼくはふと、自分たちが、高校の授業を脱け出してこれからデートを楽しもうとするカップルであるかのような気楽な想いに誘われかける。

「さて、と。赤ん坊が目を覚まさないうちに急ぐとするか」

気を持ち直して、ぼくは幹をうながす。

「あそこがそう?」

通りの向こう側に少し奥まって建っているくすんだコンクリートの建物に目を向け、幹がたずねる。

それまでとは打って変わり、急に心細げな顔付になってみつめてくる幹に、ぼくは小さく頷き返す。

「こういうとこって苦手なんだよな」

下を向いて、幹がぽつりとつぶやく。

「とにかく、行くだけ行ってみよう」

自分の中にもあるためらいをはねのけるように強く言い放ち、ぼくは幹の手を取る。

しばらくして、吐息ともつかない頷く声とともに、幹の白くて細い指が、汗ばんでいる自分の掌をそっと握り返してくるのをぼくは感じる……。


十脚ほどの長椅子が置かれているそこには、疎《まば》らな人影がある。

土埃色《つちぼこりいろ》の作業着を着た労務者風の男たち。ある者は、長椅子の上で寝そべり、またある者は、酔いうなだれたような格好で壁にだらしなく凭《もた》れかかり船を漕いでいる。濃い不精髭《ぶしょうひげ》。タブロイド判の競馬新聞を広げている人と、それをいじましく両脇から覗き込んでいる者たちがいる。

白い開襟シャツを着、パンチパーマの頭髪、薄黄色のサングラスをかけている男と、長椅子の上に片膝を立てて乗っかっているジャージ穿きのせむしの小男が何やら話し込んでいる——。

透明なガラス張りの壁ごしに、外から職業安定所の一階のロビーの光景が覗き見える。

思わず、ぼくと幹は顔を見合わす。

「とにかく、行ってみよう」

とぼくはもう一度言う。だが、今度は掠《かす》れ声になってしまう。

入り口に回り、やけに重い扉を押して建物の中に入る。ロビーは、冷房が効きすぎていると思うほど、涼しい。いっぺんに汗がひき、半袖シャツから出ている腕の皮膚が粟立《あわだ》つ。鼻の奥にむず痒《がゆ》さが走る。

こらえきれずに、ぼくはくしゃみを一つする。また一つ。そして、もう一つ。

それらが、自分でも情けないほど弱々しく響いて聞こえる。

男達の無遠慮な値踏みの視線を浴び、自分たちがまるで闖入者《ちんにゅうしゃ》であるかのように感じながら、とりあえず坐れる場所をぼくは探す。入り口の近くに、縦縞の濃紺の背広をきちんと着た短髪の中年男だけが一人坐っている長椅子を見付け、ほっとした思いでぼくと幹はその横に腰を下ろす。

「庁舎内において来所者に対する勧誘・直接募集等の行為は厳禁します　所長」

正面の壁に、筆文字の大きな貼り紙がしてある。

これから、いったいどうすればいいんだろう、とぼくは周りを見回す。

「おたくたち、仕事を探しにきたんだろう?」

隣の男が声をかけてくる。

「ええ」

とぼくは頷いたつもりだが、声は出ない。

「それならここじゃない。二階に行ってみな」

と、男は左手にある階段を顔で示して言う。

ぼくと幹は、男に向かって頭を下げ、立ち上がる。足をのばして眠っている男の地下足袋ばきの足先を踏み付けないように気を付けながら跨ぎ、階段の方へ歩く。

途中でぼくは、幹に向かって薄笑いを滲ませた淫猥《いんわい》な視線を投げ掛けている薄黄色のサングラスの男と目が会う。男は、首にコルセットを巻いている。

(ユー・アー・ア・ルース・フィッシュ!)

心の中で唾を吐き、ぼくは気合いを込めて男を睨み返す。

階段の上り口にあった案内板を見て、一階は失業保険の受給者や日雇い労働者の窓口があり、二階に一般の求職・求人の窓口があることをぼくは知る。

階段をのぼって二階に行くと、広いフロアー一杯に思いがけず多くの人の姿がある。

「一般求人」「45歳以上の求人」「パートタイム求人」というようにコーナーが分かれているそ

こは、想像していたよりもよほど開放的な雰囲気で、ちょっと見には図書館の雑誌や新聞の閲覧コーナーに似通っている。けれども、求人のファイルに目を通している人々の表情は、おしなべて暗い。いやがおうにも、「失業者」という三文字が頭に浮かぶ。「45歳以上の求人」のコーナーの長椅子に腰を下ろしている男たちは、皆が皆揃って暑苦しそうな背広姿だ。彼らは、薄っぺらなファイルの求人カードの一枚一枚を眉間に縦皺を刻んだ真剣な面持ちで隅から隅までゆっくりと目で追っている。

膝のうえに開いたままのファイルを置き、外した老眼鏡を持った手をその上に乗せ、疲労の濃い顔で口をへの字に結び目をつむっている男に、ぼくはふと親父の姿を重ね合わせる。だが、実直な一地方公務員である親父が、こんな場所にくるようなことはまず考えられない。あと二、三年で定年を迎えるはずだが、そのときは官公庁の外廓団体にでも再就職するのだろう。いわゆる天下りってやつだ。

ぼくは、カウンターの内側に目を向ける。事務机の前に坐り書類に目を走らせている職員たち。一番奥の皆を見渡せる位置に、上役らしい銀髪の男が大きめの机に坐っている。平の職員たちの椅子は肘なしだが、その男の椅子は肘付で背もたれも高い。

言ってみれば、親父はずっと、このカウンターの内側の人間であり続けるわけだ、とぼくは思う。そして、いま自分は、カウンターの外側の人間になることを選ぼうとしている……。

ぼくは幹をうながし、「一般求人」のファイルを手に取ってみる。いくつもの業種別に分けて綴じられ、棚に立てかけられているそれらは、「45歳以上の求人」のものに比べ、数段分厚い。

ぼくは、〈学歴不問〉〈見習可〉という条件で求人を募っている職業を探し出していく。調理師。飲食店店員。警備員。飲食料品製造工。製版工。写植工。単純労働。販売店員。運転助手。自動車整備士。大工。仮枠《かりわく》大工。土工。雑役。左官。鳶《とび》。木工。石工。斫工《はつりこう》。金工。旋盤工。NCプログラマー。プレス工。鉄筋工。溶接工。塗装工。タイル工。配管工。電気工。機械工。紙器工。硝子《ガラス》工。組立工。鍛造技能工。土木作業員。ビル清掃員。造園作業員。ガソリンスタンド店員。営業員。防水工事作業員。構内作業員……。

それまで考えもつかなかった、多くの職業を目のあたりにして、ぼくは軽い興奮と大きな自由を覚える。若く健康な肉体を持った自分はこれらの何者にでもなることが可能だし、何をしてでも生きていける。この世には色々な職業があるという当たり前の事実を、I高にいた頃の自分はすっかり忘れていた、とぼくは痛切に思う。

ぼくは思い出す。

高校二年の去年の秋、志望大学の調査を兼ねて希望する職業の調査が行なわれた。その結果は、判で捺したように、医者と弁護士がそれぞれ学年全体の三分の一ずつを占め、残りの三分の一も、研究者、教師、マスコミ、公務員といったところが殆どだった。

その調査用紙に、ぼくは、「就職希望」とだけ書いて提出した。級友たちが目指している職業には何の魅力も感じられなかった。が、だからといって自分はどんな職業に就きたいのか皆目見当もつかなかった。高校では、ぼく一人だけのために、五年ぶりだという就職指導の窓口が急遽開設されたけれど、それは名ばかりで、実際は進学への翻意をうながすためのカウンセリングでしかなかった。

「最近では君みたいなことを言い出す生徒は本当に珍しくなったけれど、学園紛争が華やかなりし頃は、毎年二人や三人はそんな生徒が必ず出てきたもんだよ。まあ私に言わせれば、はしかのようなものだから、皆三年の夏休みを過ぎるとけろっと忘れて受験勉強に打ち込むようになる。そんなことを言っていた生徒に限って、現役で東大や京大に入ったりするものでね。まあ君も、そんな先輩にならってだ、早いところわたしをお役御免にしてくれよ、なっ、頼むよ、ハハハ……」

担当となった古参の漢文教師は、出っ張った狸腹をワイシャツの上からさすりながら鷹揚然と言い放ったものだ。

それでもなお、ぼくが就職に関する資料を見せて欲しいと執拗に食い下がると、

「うちのような進学率100パーセントの進学校に、まともに求人なんかしてくるところがあ

ると思っているのかね、君」

と教師は不機嫌をあらわにしながらも、渋々一社だけ届いているという会社案内を探し出してくれた。それは、「リクルート」という変わった名前の会社だった。

最初からここに来てみればよかった、とぼくはいまになってつくづく思う。ここには、社会的な地位だとか、有名な会社だとか、人気のある職業だとかいうものとは無縁の、単純に生きていくための手段としての仕事がある。それこそが、自分が探していたものだ、という気がしきりとする。

幹は、と見ると、少し離れた女性向けのファイルの棚の前に立ち、濃い眉を寄せて熱心に求人カードをめくっている。

「どうだい、いい仕事見つかりそうか?」

ぼくは幹のところに近付いて行き、小声で訊ねる。

「うん。仕事っていっぱいあるんだなあって感心しながらみているところ」

ファイルに目を向けたまま、幹はこたえる。

ああ、まったく、とぼくは相槌を打つ。

「わたし、小さいとき看護婦さんになりたかったのを思い出しちゃった」

幹が、ぽつりと言う。

「いまからだってなれるさ」

とぼくが言いかけると、

「ううん、無理」

幹は薄い笑みを浮かべながら頭を振り、手元の〈飲食店店員〉の求人カードに視線を落とす。

「だけどさ……」

ふたたび目をあげ、ぼくの顔を見据えて、幹が言う。「わたしが仕事をしているあいだ、赤ちゃんの世話はどうしよう」

「………」

ああそうか……、幹に言われてはじめて、ぼくはその大きな問題に気がつく。

「託児所付きの職場なんてないものねえ……」

と幹は溜息をつく。

「そうだなあ……」

とぼくは頭に手をやる。キャバレーのようなところなら、〈託児所完備〉などと書かれた求人の立て看板をネオン街で目にしたことがあるけれど、もちろん幹をそんなところで働かせるわけにはいかない。

ぼくは意味もなく周りを見回す。側頭部にまるでもう一つの頭のように飛び出ている大きな瘤が黒いネットで覆われている一つ目の男と目があってしまい、思わずぼくはアッと息を嚥《の》む。

慌てて目を逸らすと、「初めての方」と書かれたアクリル板が下がっているカウンターの窓口の女性がこっちを見ている。眼鏡をかけた目を細めて微笑んでいる丸顔の柔和そうな婦人。

「ちょっとあの人に訊くだけきいてみようか」

とぼくが囁くと、幹は無言で頷き返す。

「ここははじめて？」

カウンターの前に立ったぼくと幹に明るい声音で婦人が訊ねる。

「はい」

と殊勝な顔付でぼくは首を縦に振る。

「それじゃあ、高校の新卒かしら？」

「いや……、二人とも高校中退なんですけど」

「ああ、そうなの。……そう」

婦人は親身な口調になり、何度も一人頷く。「高校出てなくったって、働く気さえあれば若いんだもの、きっといい仕事が見つかるとおもうわよ。じゃあ、まず最初に、あそこの台で求職票って書いてある用紙に記入して、ここまで持ってきてくれる」

婦人の言葉にとりあえず従おうと、ぼくと幹は示された台の方に向かう。

〈求職票〉の用紙を前に、再びぼくは考え込んでしまう羽目におちいる。ぼくの方はまず問題ないとして、困ったのは幹の方だ。最初の「現住所」の項目からして、つまずいてしまう。いま隠れ棲んでいるアパートの住所を二人とも思い出せないし、かといって、幹が母親と住んでいた団地の住所を書けば、そこから足が出て、幹の親に自分たちの居場所を知られてしまうかもしれない、という懸念がある。また、「扶養家族」の項目には赤ん坊のことを書かなければならないのだろうが、退院の日を待たずにこっそり産院を逃げだしてきたために出産証明書をもらえず、出生届を出すことはおろか、名前さえまだついていない赤ん坊のことをなんと書いたものか、ぼくは途方にくれる。

ぼくはカウンターの婦人の所に戻り、思い切って口を開く。

「あのォ……、ちょっと訊きたいんですけど」

婦人は、何かしら、というような目をぼくに向ける。

「じつは、ぼくたち……」

生まれて一ヵ月あまりになる赤ん坊がいること、二人が働いているあいだ、赤ん坊をみていてもらえるような身内の者や知り合いなどはいないこと、それでもなんとか自分たちの手で赤ん坊を育てていきたいこと、そのためには、どうしても託児所のようなものがある職場を見付けたいのだけれど、果たしてそんな仕事があるかどうか知りたいこと――それらのことを、ぼくは顔が赤らむのを意識しながら、吃《ども》りどもり説明する。

「それで、あなた方は結婚してるの？」

と婦人が訊く。その表情から、笑みは消えている。

「いや」

とぼくは小さく首を振る。

「でも、赤ちゃんはあなた方の子供なのね」

「…………」

ぼくが返事をためらっていると、

「いいえ、わたしの子供です」

幹がきっぱりとした口調でこたえる。

腑に落ちない、といった顔付で、婦人は幹とぼくとを見比べる。

「……それじゃあ、赤ちゃんのお父さんはいまどうしてるの？」

「知りません」

「知りませんって……、どういうこと？」

「父親はいません」

頑なな表情になった幹が言う。

「そう……」

婦人はじっと幹を見つめ、なにかを思案している顔になる。

しばらくして、ちょっと待っててね、と言い置き、婦人は席を立って奥の方へ歩いていく。

婦人が、上司らしい銀髪の男に自分たちのことを相談しているらしい姿が映る。男がこっちに目を向けるたびに、ぼくは身体が硬くなる。

「もういいよ、帰ろう」

幹がぼくのシャツの袖を摘《つま》んで引っ張る。と、そのとき、男が席を立ち、婦人と一緒にやってくる。

銀髪の男が諭すように言う。

「話は聞きましたが、託児所付きの職場をといわれても、うちで紹介するのはちょっと無理ですなあ。そういう子供の問題なんかは、めいめい働く人間が自分で解決すべきことですからねえ。まあそれはともかく、あなた方は未成年のようだし、色々と事情もあるみたいだから、ここよりもむしろ福祉事務所に行ったほうがよさそうだな。そこでなら、乳児院や母子寮なんかの相談にものってくれるはずだからねえ」

何なら紹介してあげましょうか？　という婦人の申し出に、いえ結構です、と幹は慌てたように頭を振る。

立ち去ろうとするぼくと幹に、

「お役に立てなくて御免なさいね」

と婦人が声をかけてくれる。

階段をおりると、一階のロビーは、相変わらずぐっすり寝込んでいる労務者風の男が二人と、さっき二階に行くように教えてくれた背広の男の姿だけになっている。

「どうだい、いい仕事が見つかったかい？」

短髪の背広の男が、にっと白い歯を覗かせながら訊ねてくる。

ぼくは、黙って首を振って通り過ぎる。

重い扉を開けて外に出ると、むっと暑い夏の陽射しが戻ってくる。

「ちょっとお兄さん」

背広の男が追ってきて、呼び止める。

怪訝な面持ちで振り返るぼくに、

「自衛隊に入らないかい？」

唐突に男が言う。「職安なんかで見つかるどうせちっぽけなところで働くよりも、ずっとましだよ。何たって、身分は特別職国家公務員だからね。それに、二年の任期ごとに退職金だってもらえるんだよ。だから、試しに二年だけ入ってみたっていい。とにかくちょっと話だけでも聞いていきなよ……」

ぼくは、まったくそんな気はないと頭と手を振って歩きだす。ロビーで見かけた勧誘禁止の貼り紙のことを思い出し、ここは建物の外だから構わないというのだろうか、それとも自衛隊は国の機関だから許されているのか、そんなことをぼくは頭の片隅で考える。

「おい、待ちなよ、ねえ、あんたたち」

なおもしつこく追い縋る男を振り切って逃げるように、ぼくと幹は、白線で区切られた車が一台もとまっていない駐車場の真ん中をひたすら足を早めて歩く……。


正午を少し過ぎた時刻にアパートに戻ると、赤ん坊はおとなしく眠っている。

「ね、あたしがいったとおりだったでしょう」

と囁くように言いながら、幹はそっと赤ん坊を抱きあげ、畳のうえから押入の上段へと移す。

何しろ、三畳しかない狭い部屋なのでなにかの拍子に踏みつぶしはしないかと心配で、ふだんは赤ん坊を片開きの襖戸《ふすまど》を取り払った半間の押入の中に寝かせている。ぼくは、それを見るたびに、まるで神棚か何かに赤ん坊を祀《まつ》っているような気にさせられる。

「あれっ、おしっこもしてないみたい」

赤ん坊の紙おむつの内側に指を差し入れて、幹が言う。

「でも、汗かいちゃってるから、やっぱり着替えさせなきゃだめね」

思い直すようにつぶやき、幹は赤ん坊の胴着を脱がせはじめる。

窓際の壁に凭れて坐り、幹の仕草をみつめながら、ぼくは心の中で、赤ん坊を置いて外出するのは今日だけのことにしてほしい、と呼びかける。熱気がこもらないようにと一応窓を細目に開けて出掛けたみたいだけれど、部屋に足を踏み入れたときは、蒸し暑く、息苦しいほどだったじゃないか。それに、留守のあいだに新聞の勧誘員やセールスマンなんかが来てドアを乱暴に叩き、赤ん坊が目を覚ましてしまう、ということが起こらないともかぎらない……。

それらのことを幹に向かって口に出せないのは、赤ん坊が自分の子じゃないと遠慮している証拠じゃないか、とぼくは自問する。職安の窓口で、婦人に赤ん坊は二人の子供なのかと訊かれたときに、そうだと答えられずにうろたえてしまったことにぼくはこだわっている。

そんなことでは、これから先、幹と二人で赤ん坊を育てていくことなどできないぞ、とぼくは自分に強く言いきかせる。赤ん坊は、幹にだけでなく、この頃はこのぼくにも瞳を向け、笑みをこぼすようにさえなっているというのに……。

眠っているところを無理にうごかされて、赤ん坊が機嫌をそこねたようにぐずり出す。幹は、着替えがすむと、ごめんね、と赤ん坊を抱きあげ、ねんねんよう、ねんねんよう、とうたうようにやさしく声をかけながら背中を軽く叩き続ける。

ぼくは、幹のそんな母親らしい姿に接するのが好きだ。まるで自分があやされているような、しみじみと落ち着いた安らかな感情に、ぼくはひたる。

(もう一と月以上になるのか)

とぼくは思う。

およそ一と月前、幹は隣県の町の産院のベッドの上にいた。十七歳で私生児を産むという恥を隠すために、幹はずっと母親の実家に預けられていたのだ。高校をサボり、夜までかかってようやくの思いでぼくが探し訪ねたとき、幹はすでに赤ん坊を産んでいた。女の児だった。

「このままじゃ里子に出されてしまいそうなの。それじゃ、何のために赤ちゃん産んだのかわからない」と、幹はぼくにすがるような目を向けて言った。その目に向かってぼくは言った。

「いますぐここを抜け出して、アパート借りて一緒に住もう」と。

あの夜、ぼくと幹と赤ん坊は難なく産院を抜け出すことに成功した。本当に呆気ないほどだった。慌てて紙袋二つにまとめた荷物をぼくが持ち、産院のものを失敬した毛布にくるんだ赤ん坊を幹が抱いて、蛙が鳴く田圃の暗い畔道を何度も何度も休みながら急いだ。二十分も歩くと、広い通りに出た。そこでタクシーが運よくすぐつかまった。駅に着くと、最終のひとつ前の列車が間もなく到着するところだった。

東北線の列車のボックス席で、ぼくたちは小学校の五年生だという女の子と一緒になった。お母さんが病気になって、親戚の家にいくところだという。一人で大丈夫かとぼくが訊くと、駅で、叔母さんが待ってるから、と女の子はこたえた。おとなしそうな子だった。女の子は、バスケットを両手で抱きかかえるようにしてしっかりと持っていた。くるんだバスタオルから少しだけのぞいている茶色の毛をみて、「猫かな、それ？」とぼくが訊くと、女二人の失笑が返ってきた。「犬ですよ、これ」と女の子が言い、「ヨークシャテリヤの子犬よねえ」と幹が言って、彼女たちは顔を見合わせて笑った。それをきっかけに、子犬の話をはじめた二人を見ながら、ぼくは、自分もよく小さいときにこの列車に一人で乗せられておふくろの実家に預けられたことを思い出していた。

仙台駅に着くと、ぼくはためらうことなく、近くのラブホテルに入った。去年の夏、何度も幹と二人で、その前を行ったり来たりを繰り返し、結局一度も入らずじまいだったことが思い出された。赤い照明のともる室内の中央にでんと置かれた大きな円形のベッドに赤ん坊を寝かし、ぼくと幹は赤いじゅうたんの床にすわって、冷蔵庫からビールとジュース、それから赤まむしドリンクまで出してささやかな祝杯をあげながら夜を明かした。

翌朝、ぼくは幹と赤ん坊を残して、新聞配達のバイトに行き、終えるとすぐに舞い戻った。いったんそこをチェックアウトして、赤ん坊の紙おむつやら食料品などを買い込んでから、今度は違うラブホテルに入った。そこからぼくは、アパートを探しに出かけた。「こういうところは四時まではサービスタイムだから、それまでは休憩料金でずっといられるはず」勝手知った様子の幹の言葉に心をひりつかせながら……。

アパートを借りたぼくは、鍋や薬缶、わずかな一対の食器、文化包丁、ベビーバス……、それらの生活用品を嬉々として買い求めては、この部屋に運び込んだ。店員の訝りをよそに、ベビー用品を揃えることも、幹の下着や生理用品を買い求めることさえ、ぼくには大きな喜びだった。

あれから、よくこんなままごとみたいな暮らしが続いてきたものだ、とぼくは改めて思う。でも、ぼくは何者かに向かって言い放ってやりたい。これこそが、ぼくたちが求めていた新しい家庭なんだ、と。

「お待たせ、さあ食べよう」

眠った赤ん坊を再び押入の寝床に置いて、振り向いた幹が言う。そうして、

「ひさしぶりに外を出歩いたから、わたしお腹ペコペコ」

と言いながら、戸口の脇の一畳半ほどの板の間に申し訳程度に付いている流しに立つ。

ぼくは、窓際に片寄せてある小さな折り畳みテーブルを部屋の真ん中に引き寄せる。その上に、幹が洗ってきたコップを二つ置く。

「仕事のこと考え直さないとね」

帰りがけにコンビニエンスストアで買ってきたハンバーガーとアイスティーで昼食をとりながら幹が言う。

「ああ」

とぼくは頷き、

「まったく、肝心の赤ん坊の世話のことをすっかり忘れていたからな」

と苦笑する。

だが、ぼくは、職安に行くことを誘っておきながら、じつのところ、幹の仕事が見つからなくてよかったという気がしている。仕事を始めたら、幹はもう自分を必要としなくなってしまう、そんな予感がある。

「福祉事務所に行くのなんて、わたし絶対イヤ」

思い出したように、幹が言う。

(親父は、たしかその所長だったこともあるはずだな……)

口には出さず、ぼくは思う。

「やっぱり、お役所なんかじゃ、わたしにあう仕事なんか見つかりっこないわ」

少し投げ遣りな口調で幹が言う。

「なにも焦ることはないよ。今日は下見ってことでさ。身体だってまだ完全じゃないんだから、もう少し休ませたほうがいいよ。まあ、当分は育児に専念しろよ、そのぶん、こっちが働くからさ」

「そんな、鮮《あきら》ばっかり悪いわ」

「そんなことないよ、今日職安で求人のファイルを見てたらさ、何でもやれそうな気がしてきた。高校も辞めたことだし、いいかげん新聞配達なんていう辛気くさいバイトは辞めてさ、まともに一日中働こうと思うんだ」

そういって、ぼくは、食後の煙草に火を点ける。吸うか？　と幹に煙草を差し出すが、ううん、いい、と幹は頭を振る。

「……鮮」

しばらく黙っていた幹が口を開く。

「何だよ」

とこたえながら、幹が自分を呼ぶ言い方が、いつのまにか、斎木君から、名前の呼び捨てに変わっていることに気付いて、ぼくは面映《おもは》ゆいような照れ臭さをおぼえる。

「高校やめちゃったことほんとに後悔してない？」

「全然」

とぼくはせせら笑ってみせる。「あんなところ、おさらばして心底せいせいしてるさ」

「ほんとう？」

幹は、唇をウのかたちにすぼめたまま、微かに震わせ、黒目がちの目を真っすぐ向けてくる。

「ああ」

ぼくはつよく頷く。

異様な熱気がこもる教室で、窓際のいちばん後ろの「お客さんの指定席」に居心地悪く腰を下ろしていた半月前の自分が見える。

あの日、ブラックを殴ってしまったのは、ほんの弾みだった、とぼくは思い出す。

「馬鹿野郎！　てめえはホッテントットか！」

ブラックの罵声が、教室に響き渡った。下調べを十分にしてこなかった生徒が、しどろもどろに英文に和訳を付けたのだ。

「出て行け！　てめえみたいな白痴は窓から飛び降りて死んじまえ！」

あらんかぎりの容赦ない罵倒の言葉の速射砲の最後にそう命じられた生徒は許しを乞うようにうつむいていた。今にもその肩が震え出しそうだった。

見せしめを得て、教室内の緊張はいっそう濃くなった。

「今頃になってまだｂｅプラスｔｏ不定詞の用法をちゃんと覚えとらんやつがいるな、まったく」

　ブラックは苛立たしげに言い、舌打ちした。

「じゃあやるか」

　といって、ブラックが灰色のスモックのポケットから取り出したのはストップウォッチだった。それを見て、ぼくは、これから行なわれることを思って教室を逃げ出したくなった。

「それでは、ｂｅプラスｔｏ不定詞の用法をいってもらおうか。制限時間は三秒」

　ブラックは、やにわに出席簿を開くと、「一番、阿部茂樹」と指名した。

「予定、運命、義務、可能、命令、仮定」

　阿部は淀みのない口調でこたえた。

「よしっ、二秒八、合格。次ッ、二番——」

　ブラックは、三秒以内に全部の用法を答えられなかった生徒を罵倒し、時間内に言えるようになるまで何度も繰り返させた。

　五人目からは、制限時間は二秒になった。

「予定運命義務可能命令仮定《よてうめぎむかのめれかて》」

「よしっ、二秒ちょうど、合格。次ッ」

「よてうめぎむかのめれかて」

……吠えるようなブラックの掛け声と、もはや呪文を唱えているようにしか聞こえない生徒の声。

「次ッ、斎木」

耳を塞ぎたい気持ちでいるところに、突然ぼくは名前を呼ばれた。

「――斎木」

「……こたえたくありません」

ぼくは、一瞬ためらった後、思い切って言った。

「何だと！」

ブラックは気色ばんだ。「てめえ、一人大学にいかないからって何イキがってんだよ。世の中それで通ると思ってんのか、この馬鹿が」

「別にイキがってるわけじゃない」

ぼくは、昂然と顔を上げてブラックを睨んだ。

「じゃあ、こたえろ」

「イヤだ」

拳で出席簿をバンバンと叩きながら、ブラックがぼくの席の方に近付いてきた。

「こたえろといったら、こたえろ！」

ブラックは唇を震わせながら荒い息を吐き、血走った目でぼくを睨み付けて怒鳴った。

「おれは、こんな馬鹿気たクイズをやりに高校に入ったわけじゃない！」

ぼくが言葉を返したとき、ブラックがぼくの脳天めがけて出席簿を振り下ろした。とっさにぼくは、それを右手で力一杯振り払った。勢いあまった右手は、ブラックの頬を打っていた。出席簿は羽ばたくように教室の中央まで飛んで行き、バサッと音を立てて生徒の机の上に落ちた。

「てめえ！　もうおれの授業には出るな。出て行け、窓からとっとと出て行け！」

怒りに身体をわななかせて、ブラックは喚《わめ》き散らした。

言われるままに、ぼくは窓にのぼった。教室は三階だった。

ぼくは、ちょうど自分の席の窓のところから避難ばしごが地上に下りているのを知っていた。

そこからぼくは、教室を脱走して、幹と赤ん坊のいるアパートへと一目散に向かった。

「そうだ、あれ考えようぜ」

と、話題を変えるようにぼくは言う。

「あ、そうだった」

いいことを思い出したというように、幹は弾んだ声をあげ、流し台のガスコンロの上に置いてある紙袋を取りに立つ。

その中には、職安からの帰り道に、「命名書あります」という貼紙を幹が目ざとく見つけた文房具店を兼ねた書店で買い求めた命名書と筆ペン、それから「赤ちゃんの名づけ方事典」という実用書が入っている。

しばらく本のページをめくっていた幹が、ここ見て、とぼくに言う。

ぼくが、幹が開いたページを指で押さえているところを見ると、「一日遅れても違法行為」という見出しがあり、出生から十四日以内に出生届の届け出をしないと、正当な理由があった場合以外は簡易裁判所へ書類が回されて三万円以下の過料が請求されてしまう、と書いてある。

「こんなことちっとも知らなかった。……どうしよう?」

「まあいまさらじたばたしたってはじまらないさ」

ぼくは、鷹揚さを装って言う。「あのとき、赤ん坊が里子に出されないようにするには、こうするしかなかったんだから、なっ?」

幹は、こくりと頷く。

「……幹」

笑いを噛み殺しながら、ぼくはさっきの幹の口真似をして言う。「病院抜け出してきたことほんとうに後悔してない?」

「全然」

と、ようやく幹は笑顔になる。

「まあ心配するなって、もうすぐおれも十八になるから、そうしたら、入籍してやるからさ」

ぼくが言うと、幹は目を細め、泣き笑いの表情になる。

ぼくと幹は、しばらく赤ん坊の名前をあれこれと考えることに熱中する。

巻末の名づけ用漢字一覧を目で追っていたぼくは、「梢」という漢字に目を留める。

樹木の幹からさらに枝を広げて伸びる梢《こずえ》。

そんなイメージが頭に浮かび、ぼくは赤ん坊の名前にふさわしいのはこの字しかないような気になる。

「梢」「梢子《しょうこ》」

ぼくは、包装紙の裏にふたつの名前を書いて、幹に見せる。

「あ、この字いいね」

幹が、弾んだ声で応じる。「こずえに、こっちはなんて呼ぶの?」

「しょうこ」

ぼくがこたえると、幹は、こずえちゃん、しょうこちゃん、と呼び掛ける口調で繰り返し口に出して言ってみる。

「幹に梢じゃ姉妹みたいだから、梢子の方がいいかな」

「うん、わたし梢子って名前すごく気に入っちゃった」

幹は、立ち上がって、押入の中で眠っている赤ん坊に、梢子ちゃん、と呼び掛け、振り向いた顔に少し照れた笑いを浮かべる。

「じゃあ、決定とするか」

「うん」

アイスティーで乾杯をしてから、ぼくは、鶴の画が描かれている命名書をひろげる。まず、真ん中に、ぼくは筆ペンで大きな字で「命名　梢子」と書く。それから、本の書式を見て、右隣に、思い切って「斎木鮮　幹　長女」と、書き添える。

ぼくは、隣に坐って自分の手先を見ていた幹をうかがうように見る。幹はつと目を挙げ、何か問いかけるような真剣な眼差しをこっちに向けてくる。

「わたし、中学のとき、よくノートの隅に、斎木幹、っていたずら書きしてたんだから……」

そう囁くようにいって寄り添ってきた幹をぼくは抱き止めて、キスをする。微かに、紅茶の味。

「……鮮、ごめんね」

唇を離し、ぼくの胸に顔をうずめた幹が、ぽつりとつぶやく。

それからぼくたちは、しずかに横になる。ただじっと、抱き合いながら、ぼくは、まだ股間にパットをあてがっている幹の身体が恢復することなく、ずっとこうしていたい、とひそかに願う。

窓の外から、階下の予備校生の部屋にときどきやってきて掃除していく母親らしい婦人が、バンバンと布団を叩いている音が聞こえてくる……。

☆

ぼくはいま、夜明け前の路上を駆けている。

鳩尾《みぞおち》の辺りが重苦しく、吐き気がする。

ほんの五分前までは、ぼくはまだ夢のなかにいた。いやな感じの夢だった。息苦しさをこらえながら、ぼくがどんどん水底に向かって潜っていた。しだいに、水圧が、頭を締め付けはじめた。もうこれ以上我慢できない、と思ったそのとき、はるか天空から、塊のようなものが降ってきて、強引にぼくの頭にはまった。心臓の辺りに、強い衝撃が走った。すると、呼吸が楽になり、身体は、浮力をおびたように、仄明《ほのあか》るい水面に向かって、浮上をはじめた……。

今日も、昨日までと同じ自分が降ってきた、とみょうに安堵しながら、ぼくは目覚めていった。枕元の目覚まし時計が、いつもと同じ三時半を指していた。

ぼくは、寝ていたときのジャージとTシャツの格好のまま、二階の四畳半の自分の部屋を出て、足音をたてないように静かに階段を下り、勝手口の鍵を開けて外に出た。途中の居間のテーブルには、ぼくが昨日の夜の十時過ぎに幹と住んでいるアパートから帰ってきたときに置いてあった、姉貴の結納の品の数々らしいものが寿司桶と一緒にそのままになっていた。

ぼくが、高校を辞めたとき、おふくろは「死にたい」と口ばしるほどに取り乱し、その挙句に、わざわざぼくの目の前で見せつけるように持病の心臓の発作を起こして倒れてしまった。だが、いまでは母親もようやくあきらめ、国立大の医学部の大学院生との婚約が決まった姉貴のことに心を向けることで、気を紛らしているように、ぼくには思えた。

ぼくは、道端に立ち止まり、まだ残っている頭痛と動悸を感じながら、胃の底から絞りあげるようにして胃液のまじった黄色く苦酸《にがす》っぱい唾を吐く。

二度三度かぶりを振りながら、ぼくは、夢の名残りを反芻する。あんな夢をよく見るようになったのは、体育の柔道の授業中に、態度が悪いといわれて、見せしめのために、何度も教師に絞め落とされたせいかもしれない。教師が交差させた両手でぼくの左右の衿をつかんで強く引くと、首が絞まって、息ができなくなり、意識を失った。ときには、しばらく口が回らなかったり、目の充血がとれないこともあった。そして、意識が戻るときの感覚は、さっきの目覚めの状態にそっくりだった。

ともかく、あんなところとはおさらばしたんだ。気合いを入れるように、ぼくは深呼吸をひとつする。鉄の匂いにも似た、アスファルトの下の冷えた土の匂いがほのかにする。

鼻の奥にむず痒さが走り、大きなくしゃみをひとつする。ぼくは、鼻の粘膜が弱いたちだ。遠くで、呼応するように、犬の遠吠えが起こる。ぼくは、再び走りだす。

夜明けまでには、まだだいぶ時間がある、といつものように思い、ぼくは一人ほくそ笑む。中天近くに取り残された月が、周りに暗緑色の暈《かさ》をぼんやり滲ませている。目を凝らすと、その下方に小さな星が二個、頼りなげに光っているのが見える。ただでさえ消えぎえの光が、雲の流れのなかに飲み込まれてしまいそうだ。

どす黒い雲が流れてくる方に目を遣ると、ゼラチン工場の高い煙突が暗い空をつらぬいている。人目を隠れるようにして、夜のあいだだけそこから吐き出されている煙が雲をつくっているのだ。

ぼくが小学校の高学年の頃の夏、すぐ近くの広瀬川に、死んだ魚が大量に浮かび上がったことがあった。ぼくは友だちと、まだ死んでいない、口をぱくぱくさせて弱っている魚を手摑みでとることに熱中した。鮒やおいかわ、鮎もバケツで何杯もとれた。ぼくらは、晩ご飯のおかずになると、喜んで家に持ち帰った。だが、鮎は焼いても臭くて、とても食えたものじゃなかった。

魚の大量死の原因は、鯨からゼラチンをつくっているM化学工業の工場廃水が原因だった。日照り続きで水量が少なくなっているときだったので、廃水の濃度が異常に高くなったのだろう。その夏のあいだ、ぼくらは、川遊びを禁止された。

風向きによっては、鯨の油が燃えた異臭はここまでも濃く漂ってくる。だが、今日はそれほどでもない。煙突は月影に照らされて、ほの白く蛍光しているようにも見える。

煙突に比べて、家々はひそやかに在る。人を孕んだ彼らは、闇に紛れ、ある種の動物のように棲息し、ぼくを待ち受けている。ぼくは、闇の底からゆっくりと立ちのぼってくる濃い気配を感得し、きわまった静寂のうちに大地が唸りざわめくような音を聴く。

ぼくは、身体がうっすらと汗ばんできたのを感じる。胃の辺りにわだかまっていたものが、いつのまにか姿を消している。それにとってかわって、心地よい汗が全身に充溢し、ようやく目覚めはじめた細胞の一つひとつにまで染み透っていく。

どこか他人事めいていた肉体が、汗の潤滑油によって自分のものとなっていく、と感じられるこの刹那が、ぼくは好きだ。水辺の鳥がするように、ぶるると大きな身震いをし、ぼくは駆け足に弾みをつける。

「おいっ、止まれ、止まるんだ」

突然、ぼくは呼び止められる。

声がした反対側の道端に、パトカーが灯りを消して停まっている。

制服の警官が、懐中電灯の赤い光をこっちに当てながら、パトカーからおりてくる。

「今頃、どこに行くんだ」

思いがけず、厳しく詰問する声で、警官が訊いてくる。

新聞配達に行くところだ、とぼくは答える。

「ほう」

警官は疑いの色をあからさまにする。「新聞配達にしては、ちょっと時間が早すぎるんじゃないのか」

警官は、口元に薄ら笑いを浮かべ、試すような目をぼくに向ける。丸顔で脂肪質の身体つきが、尖った声の印象とそぐわない。

「とにかく、車の中で詳しく話を聞こうや」

パトカーの中から声がする。

ぼくは、これはただの職務質問などではなく、自分が何かを疑われているらしいことに気付く。幹をかくまっていることに思いが及ぶが、すぐに、そんなことのはずじゃない、と思い直す。

「いったいぼくが何したっていうんだ」

「とにかく、車の中に行こう」

警官はぼくの左肩を強くつかみ、パトカーに連れて行く。

パトカーの中には、もう一人私服の刑事らしい男が乗っている。後部座席に二人に挟まれて座ったぼくは、よくテレビで見る犯人が逮捕され護送されていくシーンを頭の片隅で思い浮かべる。パトカーに乗るのは、無論初めてだ。何の変哲もないスカイラインの車内だ、とぼくは思う。

訊問は、まるで要領を得ない。事の核心のまわりを堂々巡りしているような曖昧模糊とした質問の数々。二人は、ぼくの答えに手応えが感じられないので焦れる様子を深めていく。

しばらくして、警察無線で、ぼくがこれから向かおうとしている新聞専売所の確認が取れた旨連絡が入る。最後まで、自分がいったい何を疑われていたのか解らないまま、ようやくぼくは解放される。

「驚いた。本当に高校生かよ。不精髭なんて生やして、まったくフケたガキだぜ」

制服の警官が捨て台詞を吐き、パトカーの扉を開ける……。

ぼくが新聞専売所に駆け込むのと時を同じくして、朝刊を積んだ二トントラックがやってくるのが見える。

間に合った、とぼくはほっとする。サッシのガラス戸ごしに掛け時計を見ると、午前四時五分前を指している。

「オライ、オライ、ライ、ライ、ストップ」

トラックが後進を知らせる警笛に負けじと声を張り上げて、ぼくは誘導する。トラックが、最後にエンジンをひと唸りさせて、停まる。排気ガスのにおいが、まだ汚れていない夜明け前の大気のなかで、ひときわ濃く臭う。

トラックの運転席から、濃紺の作業着を着た男がおりてくる。男は、軽い身のこなしで荷台に飛び乗る。ぼくは、荷台の下で、男から手渡されるビニールで梱包された新聞の束を受け取り、コンクリートの地面に積み上げる。ドスッ、ドスッ。新聞の塊が、重く、鈍い音をたてる。積み降ろしの作業は、ものの三分もかからず終わる。

「じゃあ」

と白い歯をこぼして、男は運転席に戻る。すぐにトラックは次の行き先に向けて発進する。トラックが角を曲がって消えると、あたりは再び静寂に包まれる。

ぼくは、新聞の束を専売所の中に運び入れる。帳簿を付けている店主に「先刻はどうも」と声をかけ、ぼくは新聞の束を抱えて、専売所の内と外を何度も往復する。

「とんだ災難だったな」

帳簿の手を休めて、店主が言う。

「まったく……」

ぼくは苦笑する。

「自分が配達する分だけでいいぞ。あとは他の奴らが来てから運ばせるから」

はいよ、と答えたものの、結局ぼくは、新聞の束をすべて専売所の中に運び入れる。それが終わると、今度は自分が配達する分だけの新聞の梱包を解く。まだ乾き切らないインクの甘い匂いが鼻孔いっぱいにひろがる。

スチールの机を合わせた作業台に、新聞と大小さまざまな十種類近くの広告チラシの山々を並べ置く。ぼくは、新聞にチラシを折り込みはじめる。次から次へとチラシの山々から正確に一枚ずつ掠《かす》め取っては、新聞に挟んでいく。

最初のうちは、指先に余計な力を入れすぎ、チラシを取り損ねてしまうこともたびたびだった。だが、熟練したいまでは、薄っぺらなチラシは指先に貼りつき一体となって、軽やかに新聞に滑り込む。ぼくは、一瞬の途切れもなく、乱れもなく、まるで遊んででもいるかのように陽気に腕をうごかしながら、自分の腕を精巧にできたモータードライブの機械のように感じる。

「よしっ、一丁あがり」

脹らみをはるかに増し、堆《うずたか》く積み上げた新聞の山のてっぺんをぼくは平手で二度三度強く叩く。

ぼくは、折り込みの済んだ新聞を出来たての洋菓子のように丁寧に扱い、何度にも分けて自転車まで運ぶ。

「今日は広告が多くて大変だな」

店主が、帳簿から目を離して言う。

「ああまったく」

ぼくは頷く。

広告チラシで着膨れした新聞は重いうえ、嵩張《かさば》るので厄介だ。ぼくは、三分の二ほどの分量を後の荷台にロープで括《くく》り付け、残りを前の籠に全部収めようと腐心する。出来るだけ多くの新聞を前の籠に入れておかないと、配達の途中で何度も後の荷台から前の籠に移し替えなければならず面倒だったからだ。

十部ほどずつ二つ折りにした新聞を抱き合せるようにして交互に籠のうえに積み上げる。その山は、サドルに腰掛けているぼくの目線よりも高い。指先は、もう真っ黒になっている。

「行ってきます」

うつむいて帳簿を付けている店主に、ぼくは声をかける。

ああ、というように、店主が顔をあげる。

昼間の仕事を見付けたら、ここも辞めなきゃならないな、ふとぼくは思う。

新聞の山に前方の視界を妨げられ、ぼくはノロノロと自転車を漕ぎ出す。

十分ほど走ると、ぐるりと張り巡らされた刑務所のコンクリート塀が見えてくる。そこは、はるか昔は伊達政宗《だてまさむね》の晩年の居城だった。いまでは、それは、一部残っている堀に面影を残しているだけだが。そして、M化学工業の工場があるあたりは処刑場だったという。

明治時代に建造された六角形の尖塔ふうの煉瓦造りの建物から、人々は、昔から刑務所のことを通称「六角大学」と呼んでいる。「大学」というのは、ふつうの人が滅多に入れない所を指している。ここからが、ぼくの受け持ちの配達区域だ。

新聞配達は、傍目には無造作に見えるだろうが、実際はなかなか細かい気遣いが必要だ。

まず、一軒目。この家は、もう小一時間もすると、家人が一度起きる。六十代の半ばくらいの老夫婦だけでひっそりと住んでいる家。元旦の配達のときには、かならず、お年玉を用意して待っていてくれる。二人の息子がいたはずだが、どちらとも東京の企業にでも就職してしまったのだろう。門灯が、狭いながらも丹精に手の入れられた庭を照らしている。秋には大輪の花を咲かせる菊の鉢が多く並べられてある。

ぼくは、炊飯器のスイッチを入れに寝床を抜け出した夫人が、まだ寝《やす》んでいる主人の枕元に新聞を置いておく習慣を想像しながら、ポストの口からちょっと食《は》み出しかげんに新聞を差し入れる。格子戸をあけた夫人が、すぐに新聞の所在に気付いてくれるように。

三軒離れたブロック塀に囲まれた次の家は、しんと静まり返っていて、まだまだ誰も起きだす気配がない。昨年の冬に主人が亡くなり、未亡人と二十歳過ぎの二人の娘が住んでいる家。女だけの家になって、朝がめっきり遅くなったようだ。もうじき家人が起きだす家には感得される胎動のような気配が、まるで伝わってこない。ぼくは、昼近くになって家人が起きだしても、それまでに万が一雨が降りだして濡れてしまうことのないように、しっかりとポストの底に新聞を落とす。「コトン」という音を聴いて、「よしっ」とつぶやく。いつのまにか、配達をしながら独り言をつぶやく癖がついている。

雨といえば、新聞受けのない家に雨の日配達するのは、まったく骨が折れる。玄関の戸は堅く閉ざされている。それでも木戸なら、思い切り力を込めてこじ開ければ、新聞を挟み込むことが出来るぐらいの隙間も生まれるのだが、サッシ戸には完全にお手上げだ。ほとほと困り果てて、家の周りをぐるりと巡り、窓という窓すべてに手をかけてみて、便所の小窓だけが鍵がかけられていないことを発見し、傍らに転がっていた石油缶を踏み台にして、ようやくそこに新聞を挟み込む。そんなこともあった。それからは、ぼくは、雨の日には、新聞が梱包されていたビニール袋を四、五枚雨合羽の胸ポケットに入れて持ち歩き、それに新聞を包んで風で飛ばされないように重石を乗せて玄関の軒下に置くようにしている。

それにしても、あの朝、起きて便所に立った家人が、窓に挟まっている新聞を見てどんな表情を浮かべただろうか。ぼくは、いまでも、それを思い出すたびに笑いがこみあげてくる。

人家が込み入っているところは、路地の入り口に自転車を置き、新聞の束を抱え、人ひとりが通り抜けるのがやっとの狭い路地裏を駆け巡る。暗い道では、少しの段差や小石にさえもつまずくものだ。ぼくの足裏は、赤外線カメラのようにそれらを知悉《ちしつ》している。異物感を覚えて、硬貨を拾うことも多い。近道のためには、ブロック塀を乗り越える。

そんなふうにして、ぼくは二百五十軒もの家々を一軒一軒回り続ける。小学校の三年生のときから夕刊配達を始め、中学にあがってから朝刊配達に変わり、その長いあいだに自然と感じとれるようになった家々の性格、体臭のようなものに応じて、新聞の入れ方を微妙に変えながら……。

家々とのあいだに交わされるそんな作業は、ぼくに繊細な神経を要求するが、実際は戯れめいていて、ぼくの心を和ませる。

暗闇の中、人とも獣とも知れぬ気配に怯え、野良犬に激しく吠えたてられながら、家々を巡る。

本当に様々な家がある。

御影石《みかげいし》の門を入って住居に辿り着くまでに、ゆうに百メートルはありそうな材木商の邸宅がある。入母屋《いりもや》造りの建物は総檜で、巨大な屋根の四隅には金の玉をくわえた竜がいる。広い芝生の庭に放し飼いにされている秋田犬とセントバーナードの二匹の番犬は、初めの頃は鋭い歯を剝き唸り声をあげて、ぼくをしばしば立往生させたが、いまでは寝そべったままぼくに見向きもしなくなっている。

そうかと思えば、瓦屋根が傾き、漆喰《しっくい》壁が剝がれ落ち、内部の荒打ちが露わになっている廃屋まがいの家がある。一人暮らしの老婆が、ともに朽ち果てるのを待っているようなその荒《あば》ら家は、二十匹をこす野良猫たちの棲家でもある。

家人は在宅しているのに、新聞を幾日分も溜め込み、ポストに入り切らなくなった新聞が、玄関の木戸のあちこちに刺さったまま雨風にさらされ、陽に灼けて黄色く変色していても、一向におかまいなしの家がある。主人は船員で、子供はおらず、ひとりで留守宅を預かっている四十年配の主婦はアル中に罹っているという噂だ。夕暮どき、小さい子をつかまえて、お小遣いをあげるからカップ酒を買ってきてくれるように哀願している彼女の姿を、ぼくは何度も見ている。近所の酒屋は、彼女に酒を売らなくなっているのだ。彼女の家では、新聞を三紙もとっている。おそらく、新聞勧誘員にいいように契約させられたのだろう。酒と引き換えにともちかけられたのかもしれない。ぼくは、一度、配達の途中、塵芥《じんかい》置場の青いポリバケツの中に酔ってうずくまっているその主婦を見かけたことがある。そのとき、ぼくは、自転車から転び落ちそうになるほど肝を冷やした。青白い街灯の明かりに照らしだされたそれはまるで死体のようだったから。ほぼ決まって、三ヵ月おきに主人が帰ってくるたびに、顔じゅう青痣をつくり鼻と口から血をたらしている彼女を、主人がなだめすかすように家に連れ戻す光景が繰り返される。

その一方、いくら配達の順序を変えて早く行っても、起きて新聞が届くのを待っている家がある。その家では、玄関の扉の真ん中の新聞受けに新聞を挟むと、サッと人影がうごき、ほとんど間髪を入れずに新聞が取り込まれる。配送のトラックが遅れて、少し遅い時間に配達すると、扉ごしに、新聞を通じて、相手の手の感触を感じることもある。それが、無言の叱責のように、ぼくは感じ取る。そこは、個人タクシーの運転手の家だ。

夜中でも玄関の引き戸が二十センチほど開いており、家の中は真っ暗、主人の高鼾《たかいびき》だけが闇に響き渡っている、そんな物騒きわまりない家もある。短大にいっているその家の一人娘が、ふた月以上も不在なことにぼくは気付いている。

子供もいる主婦の朝帰りを見かけることもある。中学のときクラス委員をしていた女の同級生が、中年男に車で送られ、そっと勝手口から忍び入っていく姿を目撃したことも何度かある。酔った中年男が、気弱な未成年者そのままに、雑誌の自動販売機の前に立っていることもある。

闇の中に様々なかたちで棲息している家々に、ぼくは、装いのない生臭さ、といった体《てい》のものを嗅ぎつける。その嗅覚が、ぼくにはことのほか貴重なものに思える。これだけは、たとえ狭くちっぽけでも、ともかく自分の力で知り得たこの世界の感触だからだ。陽が昇り、人々が起き出し、活動を始めると、たちどころに生臭さは消えてしまい、どの家もどの家も同じ装いを施してしまう、とぼくは思う……。

街灯にぼんやり照らし出された家々は、親密な言葉で、ぼくに囁きかける。生暖かい血の通った、情感を持った生き物となって、ぼくに求愛してくる。その柔らかな無数の触手に絡め取られるようにして、家の門を潜ると、艶《なまめ》かしい目に見つめられている気がして、胸が苦しくなる。そんなときだ。昼間は何とも感じない、軒下に吊されたままになっている女物の洗濯物が、淫靡なものとなって、ぼくの目の前で妖しくくねり始めるのは。

ぼくは、視線を吸い寄せられるように、白いシルク生地のスリップにそっと顔を寄せる。シャボンの香りが漂う。それを身につける女の姿を、ぼくは知らない。だが、それは、ぼくにとって、もっとも親密な女を感じさせてくれるものだ。ぼくは、肌を撫でるように、恐るおそる裾のレースの部分に右手を伸ばし、触れる。

そのとき、背後で、カラカラと小石の転がる音がする。ぼくは、慌てて下着から離れ、身体を硬くする。

こわごわ音がしたほうを振り返ると、原っぱの方から赤っぽい単衣に緋色のしごきを腰に巻いた痩女《やせおんな》が、ゆらりゆらり歩いてくるのが見える。万屋《よろず》のはっこと呼ばれている白痴の女と知って、ぼくは胸を撫で下ろす。

はっこは玄関まで進むと、ぼくがいることなどまるで気にも留めず、土色に薄汚れている腰巻までめくって、そこにしゃがみこむ。すぐに、放屁とともに小水がほとばしる音がきこえる。どういうわけか、彼女には、家々の玄関前に小便をしたり、ときには大の方を落としていく習性がある。もう慣れっこになっている住人たちは、「おやまあ、神様が来なさった」と、にこにこしながらそれを片付ける。

長い長い小便を済ませると、はっこはノロノロ立ち上がり、着物の裾をおろす。立ち去るとき、初めてはっこはぼくのほうに一瞥をくれる。誘うような薄笑いを浮かべた半開きの口元から出っ歯が突き出ている。だが、その視線に、思いがけず正気ともつかぬ澄んだ力がそなわっている印象を受けて、ぼくはさっきの自分の恥態を見透かされた思いに、身体が火照る。

遠ざかっていくはっこの足音を聞きながら、ぼくは自分の右手を見つめる。掌にのこっている生乾きの下着の感触が、自己嫌悪をもたらす。

ぼくは、息苦しさを覚える。喉が渇き、唇を舐める。こめかみが疼き、かぶりを二度三度はげしく振る。

気が付くと、空は、夜明けが近いことを知らせる群青色《ぐんじょういろ》に変わっている。その微かな光の反射を受けて、もはや洗いざらしの布切れにすぎない下着の群れが、冷たい輪郭を鮮明にしはじめている。家々もまた、各々生物としての存在を止め、よそよそしい静物へと変貌を遂げ始めようとしている。

ぼくは、配達を続けることにする。少し急がなければ、とぼくは思う。

以前は畑だった土地に、二階建ての建売住宅が三棟ならんでいる。

三年前に建てられたばかりだというのに、真ん中の一軒は、もはや廃屋も同然だ。数日前から、一階の窓という窓には、びっしりと千社札のように、「カネカエセ!」「地獄に堕ちろ、盗人一家め!」などと書かれた貼紙がしてある。

今朝は、モルタルの白い外壁にも、新聞紙がガムテープで貼られ、そこにも脅しの文句が書き連ねられてある。さらに、車を置くスペースもない狭い庭にまで、折り込みチラシの裏に書かれた「逃げてもムダだぞ!」「地獄の底までついていくぞ!」云々の赤文字が重石《おもし》で留められている。

それでも、三日前の朝までは、息をひそめながらもこの家に棲んでいる気配があった。翌朝には、新聞が取り込まれてあったから。しかし、とうとう家を見捨ててしまったのだろうか。

一昨日、昨日とぼくが配達した新聞は、読まれることなく、サラ金の取り立て屋とおぼしき奴らにさんざん利用され、残りは庭に散乱している。

ひどいことしやがる、とぼくは舌打ちする。それは、家の住人に対しての同情ではない。せっかく自分が配達したものが、そんなかたちで利用されていることが我慢ならない。ぼくは怒りに包まれながら、外壁に貼られている新聞紙を剝ぎ取る。庭に留められている広告チラシ、捨てられている新聞紙を拾い集める。それらをすべて自転車の籠に放り込む。

軒下に、近くのゴム工場のネームが刺繡された灰色の作業着がぶら下がったままになっている。

配達する家が途切れる。ぼくは、自転車をしばらく走らせる。

東北本線の線路ぎわに行人塚《ぎょうにんづか》とよばれている小さな祠《ほこら》がある。江戸時代の大飢饉のときに、雨乞いのために行者が即身成仏をとげたとされている場所だ。小さい頃そこに忌わしい思い出があるぼくは、脇目もくれずにさっさと通り過ぎる。

やがて、ふたたび刑務所の塀が見えてくる。その塀をバックネットがわりにした草野球のグラウンドに出る。

(一と月前、ここで大山と出喰わした)

とぼくは思い出す。

上杉幹が、私生児を孕み、女子高を退学させられて、母親の実家に預けられている。――その噂をそのときに初めて聞かされた。しかも、噂はそれだけにとどまらなかった。もう臨月に入っているという幹の腹の子の父親はこの自分だ、という尾鰭《おひれ》がまことしやかに付いていた。

「鮮、おまえ、I高でたった一人進学しないんだってな。幹のことが原因で頭がおかしくなっちまったって、もっぱらの噂だぜ」

400CCのオートバイにまたがった大山は言った。大山は、深夜の暴走の興奮をまだ濃く残している感じだった。

サソリのマークの付いた白いヘルメットを脱いだ大山は、すっかり面変わりしてしまってい た。鍛えられて引き締まり盛り上がっていた身体中の筋肉が、剝げ落ちてしまったように痩せこけ、顔色は蒼黒かった。中三のとき、陸上の百メートルで市の記録を作った当人だとはとても信じられない変わりようだった。前歯が黒ずんでいるのをみて、こいつシンナーやってるな、とぼくは思った。

二年前、県内随一の進学校といわれているI高を中学のぼくのクラスから受験したのは、ぼくと大山の二人だけだった。その結果、ぼくは合格し、大山は不合格だった。その年の高一の夏休み、ぼくは繁華街のアーケードで七夕祭りの飾り付けのアルバイトをしている最中に、車輛進入禁止のその通りにけたたましくホーンやクラクションを鳴らしながらオートバイを乗り入れてきた暴走族〈ルート4〉の二十人ほどの集団の中に、皆と揃いの特攻服に身を固めた大山の姿を見かけた。まさか、と一瞬目を疑ったが、間違いなかった。大山を見るのは、そのとき以来のことだった。

大山とぼくは、幼稚園の頃からの幼なじみだった。広瀬川で一緒に魚取りをしたのも彼とだし、バッテリーを組んで、このグラウンドで草野球もした仲だった。中学の一時期、トレーニングを兼ねて一緒に新聞配達をしたこともあった。

「実を言うと、おれ幹と一緒に寝たことがあるんだ。そんとき、おまえとのことを訊くと、あんな人もう関係ないって、やけにムキになってこたえてた。でもよ、いっとくけど、セックスはしなかったぜ。別に、おまえに義理立てしたってわけじゃないけどよ。でも、これがあの上杉幹かって、信じられない思いだった。どっちかって言うと、お高くとまってる感じだったもんな、彼女。それが眉剃り落として、髪の毛も真っ赤っ赤に染めてるじゃねえか、何だか、痛々しくって、とてもその気になれなかった。何で別れたのか知らないけどよ、あんなに自棄《やけ》になるなんて、よっぽどおまえに振られたことがショックだったんじゃないのか。おまけに、おまえの子供孕んでたとなればなおさらだよな」

大山は、斑《まだら》に染めた金髪のリーゼントに手をやり、たえまなく唾を吐きながら言った。そして、

「ルート4の連中のなかには、おまえに焼きをいれるってとんがってる奴もいるから気をつけた方がいいぜ」

と、忠告めかした言葉を言い置いて、マフラーを改造したオートバイの爆音とともに去っていった。

(去年の夏、たしかにおれは、幹と何度も夜を明かしたが……)

大山を見送りながら、皮肉な心持ちで、ぼくは思った。

「明日、一緒に花火を見にいかない?」

という誘いの電話が、思いがけず中学のときのガールフレンドだった幹からかかってきたのは、去年の七夕祭りの前夜祭の前日だった。

それぞれ男子高と女子高に進学すると同時に、ぼくは水泳部、幹はテニス部に入り、お互いに練習が厳しくて自然と会う機会を失った形になっていた。ときおり新聞の県内版の片隅に小さくテニス大会の試合結果が載ることがあり、そこに一年のときからレギュラーになっているらしい幹の名前を見かけることが消息のすべてだった。そのたびに、ぼくは、猛練習の合宿に明け暮れているらしい幹の生活に思いを馳せた。

だが、一年あまりぶりに逢ったその夕、広瀬川を見下ろす西公園の石段に腰をおろし、対岸の川内から打ち上げられる花火を見ながら、幹が口にしたのは、

「わたし、テニス部やめたの」

という言葉だった。

「どうして？」

驚いてぼくは訊ねた。

「腎臓を悪くしてしまったの。もう過激な運動は無理だって、退院のとき先生にいわれちゃった……」

「そうか……」

ぼくは、白いデニムのミニスカートと黒のタンクトップから伸びた幹のほっそりした手足を改めてみつめた。もともと、この身体のどこに力が宿っているのかと思うほど華奢な身体つきだったが、その部分がほとんど日に焼けていないことにぼくは気付いた。そういわれてみると、二の腕の辺りが、いっそう細くなった気もした。ただ、胸のふくらみだけが、以前よりもはっきりと線をなしていた。

「これ見て」

気を取り直すように言いながら、幹はスヌーピーの絵の入った財布から何か取り出した。

「おぼえてる？」

「ああ」

それは、ぼくが中学生のときの学生服のボタンだった。

「卒業式のとき、斎木君、下級生の女の子たちに取り囲まれて大変だったよね。校章や衿のカラーまで取られちゃって。でも、彼女にあげる制服の第二ボタンだけは、ちゃんとわたしに残しておいてくれたんだよね」

幹はなつかしそうに目を細めた。「わたし、あれからずっと、いつもお守りに持ってるんだ」

そういって、強くみつめてきた幹と、ぼくは初めて唇にキスをした。

「……高校もやめちゃおうかな」

クライマックスのつるべ打ちの花火が華々しく夜空に散った後で、ふっと溜め息を洩らした幹が、ぽつりとつぶやいた。

中学時代の幹はテニス部のキャプテンをつとめ、団体戦で市の大会で優勝し、個人戦も準優勝だった。そのテニスの素質を買われて、今の私立高に入学金の免除などの特典の付いた特待生として入学したのだった。そのことにふれて、テニスのできなくなった彼女に面と向かって当て擦《こす》りをいう教師もいる、といって幹はすすり泣いた。

その夜をきっかけに、ぼくと幹は、夏休みのあいだじゅう毎晩のように逢いびきをかさねた。

高層マンションの屋上、中学校の校舎の非常階段、広瀬川べりの土堤《どて》の鉄橋の下……。そしてときには、送っていったもののどうしても別れることができなくて、団地の一階だった彼女の部屋にベランダから忍び入り、ベッドで朝まで声をひそめて身体をかたくして抱き合って過ごし、そこから配達に行ったこともあった。「これって、もしかして夜這いってやつかな?」「ああ、完全そうだよ」そんなことを言い合い、お互いの口を押さえてクックッと笑いをこらえながら……。そこでぼくは、幹の両親が離婚するしないで揉めていて、父親が弟を連れて別居していることを打ち明けられた。

夏休みも明日で終わりだというその夜も、ぼくと幹は、ラブホテルの看板をいくつも横目で睨みながら通り過ぎ、くたくたに歩き疲れて行き着いたのは、広瀬川べりの土堤だった。丈高く生い茂っている夏草の斜面を下りる途中、シンナーを吸引するのに使われたらしいビニール袋がいくつも足にまとわり付いた。

斜面の裾に腰をおろしたぼくたちは、長いキスを交わした。ときおり、暗い川面で、水鳥が羽撃《はばた》く音がきこえた。

「ねえ斎木君、どっか狭くてもいいから一緒にアパート借りよう」

唇を離すと、幹は思いつめた目をぼくに向けて言った。

「わたし、家にいるのがたまらなくいやになるときがあるの。そんなとき、いつも、隠れ家があったらなって思うんだ。でも一人じゃとてもそんな勇気がないから、ねえ斎木君、お願い……」

「………」

ぼくは返答に困って、幹から目を逸らし、対岸近くまで迫っている小高い大年寺山の暗い森と、その頂に三本ならんでいる放送局の送信塔の赤い光の点滅をみていた。

ぼくも、心の奥では幹と同じ願いを抱いていることに変わりはなかった。だがそれは、いますぐ実行に移せるとはとうてい思えない夢にしかすぎなかった。高校を出たら家を出る、それまでの辛抱だ、とぼくは思っていた。

「斎木君、わたしとじゃイヤ?」

ぼくの返事がないので、気まずい様子で足元の豚草の穂をむしっていた幹が、下を向いたまま掠れ声で訊いた。

「そんなことないよ、だけどいまはまだ無理だよ。おれたちまだ高校生なんだし……」

「どうして無理だってわかるの。わたし、高校やめて働いたっていい」

「………」

「わたし、もう待てないのよ」

幹は手にためていた豚草の穂をいきなり投げ捨てると、ぼくの胸に身体を預けてきた。「わたし、斎木君にだったら、あげてもいい」思いつめた声で、幹は囁いた。

ぼくは、幹の胸のふくらみにそっと手をおいた。タンクトップの薄い布地ごしに、ブラジャーに包まれた幹の乳房の感触が掌に伝わってくる。そこまでは、すでに親しいものとなっていた。

ぼくはそのまま、幹の鎖骨のあたりのくぼみをみつめながら、これ以上進むべきかどうか思い惑った。

烈しく打っている心臓の鼓動は、ぼくのものとも幹のものとも判じつかなかった。震えている幹の熱い吐息が誘っているかのようだった。

だが、ぼくは、これから自分が行なわなければならない行為を思うと、急速に不安と嫌悪が頭をもたげてくるのを覚えていた。これ以上幹に触れたなら、我を忘れて荒々しい力を幹にくわえてしまう。それが、ぼくは恐かった。できることなら、これ以上進まず、ずっとこのままでいたい、とこの期に及んでも、ぼくは願っていた。

だが、幹は、タンクトップの細い肩紐の結び目をはずし、ブラジャーをずらして白い乳房を露わにした。月の光が射していた。ぼくは半ば義務のように、幹の胸に顔を寄せた。

「好きだよ、幹、好きだ……」と囁きつのりながら、ぼくは小さく突き出ている幹の乳首にキスをした。幹が吐息を洩らしながら、ぼくの髪の毛を撫でた。ぼくは必死に衝動を駆り立てようとした。だが、焦れば焦るほど、いま自分は身にそぐわないことをしている、という違和感ばかりがふくらんだ。

ぼくは、身体を硬くしたまま、どうしてもそこから一歩も進むことができなかった。

しばらくたって、ぼくは、許しを乞うように顔を上げ、幹を仰ぎ見た。

幹の唇が、そううごいたように見えた。それと同じ言葉を投げ付けられた遠い昔の記憶をぼくは強い痛みとともに思い出した。幹は、涙をためた真っ赤な目でぼくをみつめ、唇を震わせた。

「……いくじなし」

（あのときの屈辱感は、いまでもぼくの心のなかに大きく巣くっている……）

大山が消えた無人のグラウンドに目を向けながら、ぼくは思った。夏休みの終わりとともに自分から離れていった幹が、暴走族〈ルート４〉の連中と遊び回っている姿を目撃するたびに、したたか味わわされた無力感と敗北感と疎隔感とが、ありありとよみがえった。

（あの噂……）

と、ぼくは心のなかでつぶやいた。それは初めて聞く噂だった。が、驚きは少なかった。幹がいつかそんなことになるだろう、とぼくは心のどこかでひそかに予想していたような気がした。

それにしても、とぼくは思い直した。

（ぼくが幹の子供の父親だって。幹を抱けもしなかったこの自分が……）

すると、自嘲の底から、心が疼くような奇妙な感情が滲みだしてきた。やがてそれは、喜びめいたものとなってぼくの身体のなかに満ちていった。

すっかり断ち切れてしまったとあきらめていた幹とのつながりが、噂によって、再び細い糸で結び付けられたように感じながら、幹に逢いに行こうか、という考えを、あの朝ぼくは、心のなかでそっと握りしめたのだった。

グラウンドを過ぎると、ぼくは灰色の塀を道の向こう側に見ながら配達を続ける。そこまで来れば、配達するのはもうあとわずかだ。

その最後の狭い路地には、波形トタン屋根の棟割り長屋が軒を接している。陽のまったく当たらないその路地は、いつも湿った黴臭《かびくさ》い空気に、食物の腐ったような臭いやら、糞尿の強烈な臭気やらがどんよりこもっている。

よりによって、ぼくが配達するのは、路地の一番奥の家だ。ぼくは、玄関前に無造作に置かれてあるおまるに跨《また》がっている、土方焼けした裸の上半身に晒《さら》しを巻いた初老の男に新聞を手渡すと、踵《きびす》を返し、一目散に駆け戻る。みどり苔がむしている地面に足を滑らせないように気をつけながら。

ぼくは、路地の入り口に置いておいた自転車にもたれかかる。ずっと息を止めたまま走ったので、息が切れる。これで配達は終わりだ。

ふと、道の向こう側の灰色のコンクリート塀を見上げたぼくの目に、いきなり血のように赤いものが飛び込んでくる。以前、オートバイがその塀に激突した跡をぼくは目にしたことがある。

姿をあらわしはじめた朝陽を浴びて、赤いスプレーで書かれたらしい落書きが文字の形に見えてくる。

「狭山裁判粉砕！　石川被告強制移送絶対阻止！」

その赤い檄文を見つめているうちに、ぼくは、朝一番の出来事にふと思いあたる。

（もしかすると、ぼくは、こいつらの一味の端くれと疑われたのかもしれない……）

差別問題のからんだその殺人事件の裁判のことは、ぼくも新聞で読んで知っている。あの被告が、この刑務所に移送されてくるのか……。ぼくはいくらかの興奮をおぼえるが、それもすぐに醒めてしまう。書き殴られた醜悪な文字の形は、サラ金の取り立て屋と好い勝負だな、とぼくは思う。

呼吸が鎮まったので、ぼくは帰途につく。

しばらく自転車を走らせてから、何気なく後を振り返ると、刑務所の看守らしい男が二人、ハシゴとバケツを持ってやってくるのが見える。

いったい誰が知らせたんだろう、と訝る思いで、ぼくは電柱の陰に自転車をとめる。電柱とコンクリート塀との狭間から様子をうかがっていると、看守たちは、塀にハシゴを掛け、赤い落書きをデッキブラシのようなものでこすりはじめる。

　まっすぐのびた朝明けの道には、看守たちとぼくしかいない。

なかなか消えないらしく、遠目にも懸命さを増していくのがわかる看守たちの作業を、ぼくは初めのうちは滑稽に眺めていたが、次第にじわじわと胸苦しさに襲われはじめる。ぼくは、剝がされていくのが自分自身であるような痛苦の感情をおぼえる。さっきまで生き生きとうごいていた四肢《しし》は、夜がすっかり明けてしまったいまでは冷たくこわばり、まるで自分のものではないようなぎこちなさだ。

　ふいに、さっきの下着の感触が生々しくぼくの右手によみがえる。唯一、ぼくがこの世界とのつながりを強く実感できるこの夜明け前の労働も、結局は、本物の女の肉体のかわりに下着に触れて満足しているような行為にすぎないのではないか。そうぼくは苦い心で自問する。

　そして、幹と一緒に暮らしはじめても、自分は何一つ変わっていない。ぼくはまだ女を知らない、という痛切な思いがぼくの胸に湧きあがる。

　なぜ、幹は、圧倒的な現実に楯突くように、身を痛めてまで私生児を産み、このぼくは、希薄な現実感に怯えるようにして生きているのだろう。

　自分をもっと荒々しいものにぶっつけてみたい、歯をくいしばり、拳を固めて自転車のハンドルに打ちつけながら、ぼくは強く思う……。

☆

ぼくはいま、団地のなかの公園のベンチに腰をおろしている。

周りを取り囲んでいる欅の木立から聞こえてくる喧《やかま》しい油蝉の鳴き声までが、まるで自分を嘲っているように、いまのぼくには感じられる。

職安から紹介された昨日から合わせて三軒目の工場の面接でも、ぼくは先刻断られたばかりだ。

本当は、このままベンチに横になってしまいたいぐらいの大きな徒労感に、ぼくは包まれている。だが、そんな格好をしちゃいけない、と自分に強く言いきかせる。もしそんな格好をしたなら、おまえは本当に、だらしのない奴《ア・ルース・フィッシュ》、になっちまうぞ、と。

「I高を中退するなんてほんとうにもったいないねえ」

今日面接を受けたガラス工場の専務だという眼鏡をかけた小太りの中年男は、ぼくの履歴書から目をあげると、溜め息まじりに言った。

「もしかしておたく、これやってた口かい？」

オートバイのハンドルを持ってアクセルをふかす仕草をしながら、専務が訊いた。

「いいや」

と、ぼくが首を振ると、

「ああ、そういやそうだな、I高の生徒が暴走族やってるなんて聞いたことないもんねえ」

専務は薄く笑い、「それじゃ、なんで高校やめたんだ?」

「大学に行く気もないのに、これ以上いてもしょうがないと思ったから」

ぼくはこたえた。

「でも、きみの親が、大学に行かせてくれないってわけじゃないんだろう?」

ぼくはうなずいた。

「それなら、悪いことは言わないから、これからでも、高校に戻ったほうがいい。そして大学に行くべきだな」

ぼくが、全然そんな気はない、一生懸命働くからどうか雇ってほしい、と頭を下げると、

「じゃあ、はっきり言わしてもらうよ、結局はそのほうがあんたのためだから」

と前置きしたうえで、「もしきみがI高を卒業していたとしても、うちじゃ雇えんな。だって高校じゃ大学に行く勉強しかしてないだろう、すぐにはとても使いものにならないんだよ。進学校ってやつは大学に行くしか能がないってわけだ。その点、暴走族あがりで、工業高校を

中退したような奴のほうが、よっぽど即戦力になる。きみが大学出てれば、幹部候補として喜んで迎えるよ、こっちからお願いしたいくらいだ。でもねえ、今のきみを育てるだけの余裕はうちにはないんだ」

それから男は、腕時計にちらっと目を遣り、「わざわざご足労願って悪いんですが、ご縁がなかったということで、お引き取り願いますか」

と、慇懃な口調で言った。

昨日面接に行った二軒も、似たようなものだった。職安であらかじめ高校中退でもかまわない、という確認をとってもらってから訪ねて行ったのにもかかわらず、中退したのがI高だと知ると、にわかに警戒したような態度になった。

「前にやっぱりあんたみたいな人を雇ったことがあったんだけどさ、そいつはN高の卒業生だったんだけどね、仕事も一人前にならないうちから、組合づくりに精出されちまってね、えらく困らされたことがあったんだよ。何もあんたもそうだというつもりはないんだけどねえ。でも、ちょっと見たところ、似たようなタイプみたいだしなあ……」

二軒目の小さな印刷工場の工場主は、しばらくぼくを見つめた後、「やっぱり悪いけど、よそあたってくれるかい」と言った。

そんなやりとりを思い出しながら、ぼくは、宙ぶらりんの自分を意識する。

大学にも行かず、暴走族にもなれない自分。あの職安のカウンターの内側の人間にも外側の人間にもなれない自分。初めて幹と一緒に職安を訪れて、求人ファイルの多くの職種に軽い興奮を覚えた自分が、まったく世間知らずの馬鹿だったと思えてくる。

誰か、ぼくを雇ってください。

この世に自分の居場所がない思いに打ちのめされて、ぼくは心から祈るような気持ちでつぶやく。

幼稚園にあがる前の小さい子供たちを遊ばせ、立ち話をしている若い主婦たちをぼくはぼんやり眺める。白いフレアスカートに半袖の白いブラウス、大きなつばの白い帽子をかぶった女の人が、ゆっくりベビーカーをひいている。それが、ことのほかまぶしい風景に、ぼくには見える。三畳のアパートに閉じこもっている幹と赤ん坊のことに思いを向けずにはいられない。

ベビーカーのひさしを上げ、のぞきこむようにして笑顔で赤ん坊をあやしはじめた品のよさそうな女の人に見とれながら、ぼくの思いは、もっと遠くまでさかのぼっていく。

(おふくろと自分のあいだにもあんな頃があったんだろうか……)

ものごころついてからのぼくの記憶といったら、おふくろが不在の思い出と叱られた思い出ばかりだ。ぼくが幼稚園に入るのを待っていたかのように、おふくろは生命保険の外交員をはじめた。ぼくは、いわゆる鍵っ子だった。

べつにおふくろが外に出なければ生活ができない、というほど家計が苦しかったわけではなさそうだった。じっさい、親父は、おふくろが働くことに反対していた。日曜日まで仕事に出かけるようになったおふくろに、襖ごしに、親父とおふくろがおさえた声で言い争いをしているのをぼくは布団のなかで身体を固くして聞いていた。平手打ちの気配があり、「悔しい！」と、おふくろが嗚咽を洩らす夜もあった。ぼくは、両耳を両手でふさいだ。

ぼくは、はっきりと、自分がおふくろに好かれていない、ということを感じはじめていた。

「まったくあんたを産んだばっかりに、あたしだけが苦労させられる」というのが、その頃からおふくろがぼくを叱るときに必ず言い加える言葉だった。その言葉を最近もひさしぶりに聞いてぼくは笑ってしまった。ぼくが高校をやめたときだ。

ぼくと三歳違いの、いまは地元の国立大の法学部に行っている兄の出産のさい、逆子で難産だったために産後の肥立《ひだち》が悪く、持病の心臓病を悪化させてしまったおふくろは、もう子供なんかいらない、という気になっていたらしい。早く外に出たい、という希望もあっただろう。そこに、避妊のしくじりからできてしまったのがぼくだ、というわけだった。

ぼくは思い出す。

雪が積もっている田舎の田圃の畔道をおふくろに遅れないように、必死になって歩いていた。幼稚園の頃、ぼくは休みに入ると、よくおふくろの実家に預けられた。そこに迎えに来たおふくろとの帰り道だった。

おふくろは、無言でどんどん先を歩いていた。帰りぎわ、ぼくの頭にお祖母《ばあ》さんが編んでくれた毛糸の帽子をかぶせようとしたときから、おふくろは泣いているみたいだった。

ふと、おふくろが立ち止まった。ぼくは、待っていてくれたものだとばかり思い、喜んで駆け寄った。ぼくが腕を摑もうとすると、しかしおふくろは、邪険にそれを振り払った。

「おまえのお母さんは、本当は別の人なんだろう。あたしになんかついてこないで、その人のところにいけばいいじゃないか」

おふくろは、濃い怒りをにじませて言うと、ふたたび足早に歩きだした。

たしかに、そのころぼくは、よくそんな嘘をついてばかりいる子供だった。だからお祖母さんにもそんなことを言ったにちがいない。そして、おふくろは、自分の親に、子供を預けっぱなしにしてまで働いていることを咎められでもしたのかもしれない。

「まったく、親に恥かかせるんじゃないよ」

ようやく辿り着いた駅のホームで、おふくろは、激しくぼくの頰を打った。

さらに、ぼくは思い出す。

ぼくは、家の奥座敷にあったおふくろの鏡台の前に立ち竦んでいた。

それは、やっぱり、五歳の頃の記憶だ。

ぼくは、四十度をこえる熱を出して寝込んでいた。広い家には、ぼく一人だけがいた。

「昼までには帰るから、おとなしく寝てるのよ。帰りにはアイスを買ってきてあげるからね」

めずらしく優しい言葉をかけて、おふくろは、仕事に出かけていった。だが、昼を過ぎても
おふくろは帰ってこなかった。

その数日前にぼくが体験したことをどう説明したらいいんだろう。いまでもぼくは、それをはっきりと言葉にできる自信がない。新聞記事の見出しふうに言えば、「五歳の幼児に十八歳の少年乱暴」とでもいうことになるんだろうけれど。

鏡の前で、ぼくは、おふくろの寝巻の帯で首を絞めたり、下半身裸になっておちんちんをいじったり、きんたまを握り潰そうとしたり、お尻に指を入れてみたりして、身悶えていた。

それは、いまのぼくと同じ年ごろの少年にいいようにもてあそばれていた、いくじのない自分の姿だった。そして、ぼくの自分の顔についての記憶はそこに始まっている。

その日、ぼくは、一人で幼稚園からの帰り道に、顔なじみのお兄さんに声をかけられた。お兄さんには、それまでも、かなぎっちょ、とよんでいた小さな蜥蜴《とかげ》がとれる原っぱや、かぶとむしがいる林に連れていってもらったことがあった。お兄さんは、ぼくの名前を、ちゃんとあきらとはいえず、あららちゃん、あららちゃんと呼んだ。

「あららちゃん、いいもの見せてあげるからおいで」

とお兄さんに言われて、ぼくは、後をついていった。刑務所を通りすぎ、東北線の線路を渡りながら、「あららちゃん、もうすぐだからね」と、お兄さんは微笑みながら言った。

踏み切りを渡るとすぐ、大きな榎の老木とその下に小さなほこらがあった。

「この木の下には人が埋まってるんだよ。あららちゃん、木に耳を当ててごらんよ、ねんぶつが聞こえてくるから」

とお兄さんが言った。

ぼくは言われるようにしてみた。でも、かすかに洞穴に風が吹いているような音が聞こえてくるばかりだった。

「ね、聞こえるだろう」

といいながら、お兄さんは後ろからそっとぼくを抱き包んだ。

お兄さんはぼくをほこらの裏手に誘い込むと、もう一度やさしく抱きすくめ、頬ずりした。はじめは怖ず怖ずとで、ぼくは少し変な気がしたけれどそう悪い気分ではなかった。でも、だんだんと、お兄さんの息づかいが荒くなり、ズボンを脱がされかけて、はじめてぼくは声を上げていやがった。すると、お兄さんは、「騒ぐと、殺すぞ」とぼくの首に手をかけてすごんだ。いつもの優しいお兄さんとは別人のようだった。その変わりようがむしょうに恐かった。ぼくは、もうそれからは何が何だかわからなくなってしまった……。

おぼえているのは、暗くなってから一人でふらふら歩いているときに、「鮮ちゃん、どうしたの」と、おふくろが行くのに何度かついていったことがある美容院のおかみさんに声をかけられてからだった。その胸で、ぼくは激しく泣きじゃくった。

おかみさんに付き添われて家に戻ると、おふくろは、おかみさんにお礼の言葉もそこそこに、「こんなおそくまで、どこほっつき歩いていたの！」と怒り叫んで、ぼくの髪の毛をひっつかんで、絞り上げるようにした。それは、おかみさんが、あわててあいだに入って宥《なだ》めるほどの剣幕だった。

ただ、おふくろの柔らかな胸に抱かれて、思い切り声を上げて泣きたかったぼくは、おふくろの態度が理解できず、少年から受けた暴行にも勝るショックだった。おかみさんの胸が、ただ羨ましかった。

「どうしたのか、ちゃんと話してごらん」

とおふくろに言われて、話そうとしたとき、ぼくは激しく吃った。以前、立ち小便をしているさいちゅうに犬にお尻を噛まれてから、ぼくは少し吃るようになっていたが、それほどひどく吃ったのは初めてだった。それが、いっそうおふくろの怒りを掻きたてたようだった。

「男のくせにいつまでもそんなめそめそしてるから、そんな目にあうんだよ、いくじなし！」

とおふくろは言い放った。

「……いくじなし」

鏡のなかの自分にそう言いきかせ、あと一歩力を込めれば自分は自分でなくなる、という思いに心をひりつかせながら、ぼくは恥ずかしい行為に耽っていた。

おふくろが帰ってきたことにもぼくは気付かなかった。

「何してるの、きちがい！　ほんとうにあんたって子は」

突然のその叫び声とともに、ぼくはおふくろに、思いっ切り布団のうえに叩きつけられた。

おふくろは他人の顔をしていた。

いつのまにか、公園から人影が消えている。

みんな昼食を取りに家に帰ったのだろう、ぼくもパンでも買ってくるか、と立ち上がりかけたとき、車輛進入禁止のはずの公園のなかに、ワゴン車が入ってくる。

いったいなんだろう？　興味にかられて、ぼくはしばらく様子を見ることにする。

ワゴン車から、紺色の作業着姿の若い男がおりてくる。年格好は、三十になるかならないか、といった感じだ。

男は、タイヤのうえに乗っかり、ワゴン車のルーフに載っているアルミのハシゴをとめているゴムを外しはじめる。三メートルほどのハシゴを肩にかついだ男は、公園の真ん中の街灯にそれを掛ける。男は、ハシゴの脇に付いているロープを引く。すると、ハシゴがするするとスライドして伸びていく。

男は歩いて公園を出て行き、いったん姿を消す。どこに行ってしまったんだろう、と思っていると、あたりの街灯という街灯の明かりが一斉に点く。昼間の街灯の明かりってやつは、何だか気が抜けてる。

やがて戻ってきた男を見て、そうか、どこかにスイッチがあって、それを入れに行ったんだな、とぼくは気付く。

男は、ワゴン車の後の荷台から、何やら工具がいっぱい刺さっている幅の広いベルトを取り出して腰に装着し、ホワイトボードとカメラを手に、ハシゴをかけた街灯のほうに向かう。ホワイトボードをハシゴの真ん中あたりに立てかけ、男はカメラを構える。そういえば、球が切れているのか、その街灯の明かりは消えている。

写真を撮り終えると、男はハシゴを昇り、街灯のてっぺんに届くところまで行くと、ベルトに付いているロープを柱にかける。両手が自由になった男は、工具を使って街灯をバラしはじめる。

しばらくたって、おちょこを長くしたような形をしているカバーを手に持ち、外した電球を口にくわえて、男がおりてくる。男は、裸になった街灯に向けて、またカメラを構える。

それから男は、水飲み場で、洗剤とスポンジを使ってカバーをごしごし洗う。埃で薄汚れていたそれが、乳白色の光沢を取り戻していく。洗いおわると、男はボロ布で、ていねいに水気を拭き取る。

男は、ハシゴのところまで戻ると、まず、ナスを大きくしたような形をした新しい電球を持って昇る。やがて、パッと薄いピンク色の光がつく。普通の電球とは違うのか、震えるような光だ。それが次第に、白色の強い光に変わっていく。男は、また地面におり、カバーを持ってハシゴを昇り、街灯を元どおりに組み立てはじめる。

何度もハシゴの昇り降りを繰り返している男を見ていると、街灯の球をひとつ取り替えるにも、えらく手間がかかるものなんだなあと、ぼくはつくづく感心させられてしまう。

作業を終えておりてきた男は、また写真を撮ろうとする。だが、折から風が吹いてきて、ハシゴに立てかけたホワイトボードが落ちてしまう。もう一度、やり直し、カメラを構える。だが、また落ちてしまう。風のやつ、とでもいうように、男は顔をしかめてまわりを見回す。

見るに見かねて、ぼくは、ベンチから立ち上がって、男のほうに歩いていく。

「それ持ってましょうか?」

とぼくが言う。

「ああそうかい、ありがとさん」

と男がこたえる。

ぼくがホワイトボードを手に持って掲げ、男が、ホワイトボードと修理のすんだ街灯が一緒に写るアングルからカメラを構える。カメラはバカチョンだ。

シャッター音が聞こえ、「やあ、助かったよ」と男がいう。「まったく、お役所仕事はいちいち工事写真を撮んなきゃならないから、まいっちまうよ」

男は苦笑した顔をぼくに向ける。

「ずっと見てたけど、結構大変ですね」

「ああ、おまけにバイトに逃げられて一人だから、倍手間くっちまってさ」

それから、男は、あんた学生さんかい？　と訊いてくる。

「ええ、まあ……」

曖昧にぼくがこたえると、

「ああ、そうかそうか、もう休みだもんな」

と、男は一人合点したようにいう。「どうせ、毎日暇もてあましてんだろ？」

ぼくは、薄く笑いながら、顎を出すようにうなずく。

「あんた、バイトする気ないかなあ」

と男がいう。「休みの間、都合つく日だけでもいいからさ。見てのとおり、人手不足でまいってんだよ」

「ぼくにもできるかな?」

渡りに船だ、と内心ほくそ笑みながらも、ぼくは心配そうに訊く。

「ああ、仕事ったって別にたいしたことするわけじゃないからさ。とりあえず明日一日働いてみなよ、ちゃんと日当出すからさ、それでやれそうだったら続けてもらえばいいや」

日給5000円、それでどうだい? と男に訊かれ、じゃあやってみます、とぼくがこたえる。

「よし、ちょっと待ってな」

とワゴン車に向かった男が、名刺を持って戻ってくる。

「沢田電設　社長　沢田鉄男」

と書いてある名刺を見て、社長という文字が目の前の男に似つかわしくないので、ぼくは少しおかしくなる。言っちゃ悪いが、何だか、あんちゃんが精一杯突っ張っているって感じだ。

「後でそこに電話してくれっかい。うちのやつが電話番してるからさ、場所をきいて、明日そうだな、朝八時までに来てくれるかな」

「はい、わかりました」

「それからさ……」

ついでにいまちょっと頼みがある、と言われ、ぼくは、何ですか? という目を男に向ける。

「これに、次の仕事の件名を書いていってもらえねえかな」

ホワイトボードを差し出して、男が言う。

お安い御用だとばかりに、ぼくは引き受ける。

「おれ、字を書くのが苦手だからさ、それ書いてもらうだけでもずいぶん助かるんだよな」

弁解する口調で、男が言う。たしかにさっきホワイトボードに書いてあった字は、はっきり言って、みみずがはっているみたいで、何となく字の格好で辛うじて読み取れるといった感じだった。

「動力制御盤改修工事（第二ポンプ室）」「S住宅」

言われたとおりに書き、これでいいかな、とぼくが顔をうかがうと、

「うん、上等、上等」

男は、満足げに言う。「あんた面接合格だよ」

「あの、履歴書かなんかは？」

「そんなもの、いらない、いらない」

男は、にべもなく右手を振りながら、ワゴン車へ向かう……。

昨日電話で教えられた市営団地に行くと、構内道路に見覚えのある白い軽のワゴン車がとまっている。

車のなかで待っているように言われたことを思い出し、ぼくは、助手席のドアを開けて座る。ダッシュボードの上のデジタル時計が、7:51を表示している。

ぼくは、後を向いて車内を見回してみる。後部座席が取り払われ、電気ドリルやテスター、ドライバー、ペンチなどいくらかは見知っているものから、鋏《はさみ》のバカでかいのやら、伸張式の釣り竿みたいなのやら、テスターの親分みたいなのやら何に使うのか皆目見当が付かないものまでが、雑然といくつかのプラスチックの箱に入れられている。小さな引き出しがいっぱい付いている整理ケースの中には、小物が入っているらしい。

8:00ちょうどに、団地の階段の入り口から、沢田さんが姿をあらわす。口に爪楊枝をくわえている。

大声で朝の挨拶をしながら、沢田さんが運転席に乗り込んでくる。おはようございます、をつづめて、「オスッ」というように聞こえる。「オスッ」ぼくも真似して挨拶を返す。腹の底から言葉が出る感じが心地よい。

「後で着替えろや」

と言って、沢田さんがきちんと折り畳まれた洗いたての紺の上下の作業着を渡してくれる。

胸のところに、ちがう会社のネームが入っている。

「まず、道具と材料取りにいくから」

と言って沢田さんが車を発進させる。

「今日も暑くなりそうだな」

沢田さんが話しかけてくる。

「ええ」

とぼく。

「朝飯ちゃんと食ってきたか?」

「はい」

今朝ぼくは、アパートに立ち寄り、幹が用意してくれた厚切りのフレンチトーストとほうれん草と卵の炒め物、ミルクティーの朝食をしっかりと摂ってきた。出がけに、幹は、「頑張ってね」と、キスをしてくれた。

「穴掘りやってもらうからな」

「はい」

緊張した声で、ぼくはこたえる。

十分ほど走ったところで、沢田さんは車を止める。三十坪ほどの土地に、二階建ての白い家とその奥にプレハブの建物が建っている。門扉《もんぴ》の横に、ナショナルのマークが入った工事店の看板が立っている。「宮城野電設株式会社」。作業着のネームと同じ名前。その隣に、缶ジュースの自動販売機が置いてある。コンクリートを流し込んだ車庫に、ライトエースとクラウンがとまっている。

「親方いるかあ」

沢田さんが、玄関から大声で呼ぶ。それから、ぼくの方を向いて、「そうだ、構わないからあそこで着替えさせてもらいな」と、プレハブを指差して言う。

ぼくはうなずき、クラウンの脇を擦り抜けるようにして、向かう。

靴を脱いで八畳ほどのプレハブのなかに入ると、二方の壁に設けられた棚に、たくさんの種類の部品がぎっしり置いてある。ぼくは、ジーンズとTシャツを作業着の上下に着替える。いよいよ、見習い開始ってわけだ、とぼくは思う。

外で沢田さんが道具を運びながら親方さんらしい人と話している声が聞こえる。

ぼくが着替えを終えて出て行くと、二人は缶コーヒーを飲みながら青焼きの図面を広げている。沢田さんが親方と呼ぶ人は、胡麻塩混じりの坊主頭で、いかつい身体つきをしている。

「大丈夫か？　小さくねえか？」

缶コーヒーを渡しながら沢田さんが訊いてくる。

「ええ、まあ……」

と言いながら、ぼくは足元を見る。ズボンのウエストは大丈夫だが、裾がつんつるてんだ。

「いやになっちまうよなあ。おれと身長は大して変わらないのに今の若いやつはこれだもんなあ」

沢田さんが舌打ちまじりに言う。「まあ、今日は試しだからそれでかんべんしてくれっかい。ちゃんと働くと決まったら、そんときはすぐ用意するからさ」

とりあえず、今日一日手伝ってくれる斎木君、と沢田さんがぼくのことを親方さんに紹介する。

「どうもはじめまして、斎木です」

「上野です。よろしく頼みます」

ワゴン車は倉庫を出発する。

「あんた、車の免許は持ってるのかい？」

前方に顔を向けて運転しながら、沢田さんが訊く。

「いや、まだ取れる年齢じゃないから」

とぼくが答えると、

「えっ、いまいくつなんだ？」

沢田さんは少し驚いた声を上げる。

「十七」

「じゃあ、高校生か」

「いえ、中退しちゃったんです」

観念してぼくは言う。どうせこういうことは、最初にはっきりさせといたほうがいいんだから、と自分に言いきかせる。

だが、沢田さんはそのことには触れず、

「なんだ、おれはてっきり、大学生なんだとばっかり思ってたよ。不精髭なんか生やしてフケてっからさあ、すっかりあんたにだまされちまったな、こりゃあ」

と、笑う。

「あのォ、それでもかまいませんか？」

オズオズとぼくは訊ねる。

「何が」

「だから、高校中退でも……」

「ああ、そんなことこっちは全然気にしないよ。それじゃあ、やると決まれば毎日出てこれるんだろう。そうなりゃ、願ったり叶ったりだ」

屈託のない沢田さんの言葉に、ぼくは救われた思いになる。

十八のときから、十年間、さっきの親方のところで修業して、二年前に独立し、下請け仕事をまわしてもらってる、運転しながら、沢田さんはそんな説明をしてくれる。

三十分ほどして、市内の北の外れにある団地群の一角に着く。

沢田さんは、小さな公園の前にワゴン車をとめる。

「このあたりが、暴走族の溜り場になってるっていうんで、街灯を増やしてくれって頼まれてんだよな」

車から降り、おもむろに青焼きの図面を取り出した沢田さんが言う。

「ちゃんとコン柱は届いてるかな……」と沢田さんがひとりごちて周りを見回し、「あ、よしよし、来てるな」と、視線を止めた先に、長さ五、六メートルほどのコンクリートの柱が三本、横倒しに置いてある。

(まさか、あんな重そうなものをたった二人で建てるっていうんじゃないだろうな……)

ぼくは少し不安になる。

図面を見ながら、沢田さんが、公園の三ヵ所にスコップで印を付ける。そうして、そこの工事前の写真を撮るように、とぼくに最初の仕事を与える。

ぼくは、図面に書いてあるとおりに「街灯増設工事(木の公園内)」「K住宅」とホワイトボードに書き込み、地面に突き刺したスコップにボードを立てかけてカメラを構える。

沢田さんが、ポールを埋める穴を掘り、ぼくが街灯と街灯をつなぐパイプを埋める穴を掘ることにする。「溝っ掘りは、深さは六十センチと決まってる。いいな」と、沢田さんが指示する。

さっそくぼくは、スコップで穴を掘りはじめる。こんなことをするのは何年振りだろう、と思う。

「おいおい、女のおまんこ突っ突いてんじゃないんだから、もっと力を入れなきゃだめだよ」

からかうように、沢田さんが言う。

ぼくは、少しむきになって、力一杯スコップを土に喰い込ませ、しっかりと腰を入れて、土をすくいあげる。

「よおし、その調子だ」

と言い置いて、沢田さんは自分の持ち場へ向かう。

新しく地面にスコップを入れる。柄《え》に力を入れるとき、黒光りする土が盛り上がる。それをすくいとると、少し茶色がかった土があらわれる。ときおり、スコップの刃が、かたいものに弾き返される。それは、セメントのガラだったり石ころだったりする。大きな石は、たんねんに周りから掘り起こす。スコップの刃と軋《きし》り合いながら、石が、ぐらり、とうごく瞬間の感じはわるくない。

汗が吹き出し、目にしみる。ぼくは、首に巻いていたタオルを額に巻く。

沢田さんの方をうかがうと、背丈ほどの長さの二本の柄の先に細長い刃が付いている、見たことのないスコップを使っている。彼は穴にそれを突き刺し、柄を開くようにして刃先を合わせ、円柱形になったふたつの刃のなかに土をためるようにしてすくう。

沢田さんがランニングシャツ姿になっているのを見て、ぼくも半袖の作業着を脱ぐ。土とまるで保護色のような沢田さんの膚の色に比べて、自分の膚の色がいっそう生白く見える。

こうしてぼくは変わっていく、と思いながら、ぼくはまた穴を掘りはじめる。

木の梢の影がゆれる。それが、ぼくになにかを思い出させようとしている。

やがてぼくは思い出す。

夏の太陽が、校庭に、金色の条《すじ》を無数に降り注いでいた。ブラックが、黒板に例文を書いているときだった。

一瞬、風がやみ、校舎を取り巻いているヒマラヤ杉の木立が静止した。

すると、突然、教室が、光線が強すぎてハレーションを起こしてしまった映像のような白い光景に変わった。

ブラックが振り向き、英文の解説をはじめた。

だが、反転した陰画のように褪色《たいしょく》を起こしたブラックの姿は、彫像のようで、話す言葉から、意味の錘《おもり》がつぎつぎと剝がれ落ちていった。

級友たちの姿は、さながら石仏の群れのようだった。

次の瞬間、黒板が、そこに書かれた意味をうしなった文字が、蛍光灯が、扉が、窓ガラスが、コンクリートの壁が、天井が、机が、椅子が、教壇が、教科書が、ノートが、リノリウム張りの床が、その継目が、靴跡に汚れた染みが……、教室内のありとあらゆるものが、一斉に、同時に、等しく、瞭《あき》らかに、見られることを要求するかのように、ぼくに向かって、今、今、いま、いま、……と押し寄せてきた。

圧倒的なものの洪水のなかで、ぼくは、このまま狂ってしまいたくない、という意識だけにしがみついて、懸命に耐えた。もし、その意識を手放してしまったなら、その秩序のないものの奔流のなかに自分も呑み込まれてしまいそうな、強い恐怖を覚えた。

しばらくたって、世界は、古びた写真のような褐色《かつしょく》を帯びながら、じょじょに元に戻っていった。恐怖感もやわらいでいった。

だが、現実感が戻ってきても、教室の風景は、ぼくにとってもはやよそよそしいものでしかなかった。褐色の風景につつまれながら、ぼくは、はじめて自分の顔を認めたあの鏡台の前に立ち竦んでいた後暗《うしろぐら》い五歳の自分の姿をよみがえらせていた。あのときから、ぼくは何一つ変わってはいない……。「少し気分が悪いので保健室で休ませてください」と言って教室を抜け出したぼくは、トイレではげしく自分をよごさずにはいられなかった。

「ちょっと、一服しようや」

と沢田さんが、大声で言う。

「はいよー」

とぼくも声を張り上げる。
七、八メートルも掘り進んだろうか。その先端にスコップを突き刺し、ぼくは沢田さんの方に歩いていく。
「なかなかやるじゃないか」

ぼくが掘った穴の方を見て、沢田さんが笑顔で言う。「ちと、浅い気もするが、まあ上等、上等」

「それ、変わったスコップですね」

沢田さんが手にしているスコップをさして、ぼくが言う。

「ああ、これかい。これは建柱用のスコップだ」

と沢田さんがこたえる。「よく道路標識なんかを立てるときに使うんだが、見たことねえかな?」

さあ、とぼくは首を振る。

「溝っ掘りなんかはさ」

と沢田さんが話を続ける。「本当は、機械掘りしちゃえば早いんだが、お役所じゃ許可してくれないんだよ。なんでか解るか？」

いや、とぼくは首を振る。

「この地面の中にはさ、電線のほかにも、水道管やらガス管やら、電話ケーブルやら、高圧ケーブルなんかがいたる所に走ってるんだ。そいつらを傷付けたらことだからさ、慎重に手掘りをしろって訳さ」

ああ、なるほど、とぼくはうなずく。

「いま、あんたが掘ってる辺りはなんにもないはずだけど、もしなにか出てきたら、すぐ知らせてくれよ」

その言葉に、ぼくは、沢田さんがただ当てずっぽうに穴を掘っているわけじゃないことを知る。ぼくが新聞配達で知ったように、どんな仕事にも、外見からは窺い知れない気苦労があることに、ぼくは気づく。

「ちょっと、コーラでも買ってきてくれっかい。あそこの大きな棟の一階にスーパーが入ってるから」

沢田さんに、百円玉をふたつもらい、ぼくはコーラを買いに歩き出す。さっきの記憶を反芻し、ぼくは変わっていく、ぼくは変わっていくんだ、と歩調に合わせて繰り返し思いながら……。

カウンターの内の大鍋がもうもうと湯気だっている。

ざっと十五人ほど坐れるコの字型のカウンターは、作業着姿の男たちで一杯だ。ざわついた店内。彼らの話し声が、どこかちがう国の言葉のように聞こえる。コンクリートの床には、南京豆の殻が散らばっている。

「とりあえず、仕事始めを祝って乾杯!」

ビールがくるのを待ち構えていた沢田さんが、ビールを注いだコップを持ち上げて言う。

「よろしくお願いします」

とぼくは、コップを合わせる。

「ああ、うまい」

一気に乾して、沢田さんが言う。「穴掘りの後のビールは最高。よくぞ男に生まれけり、って気分だ」

「ほんとですね」

とぼくは相槌を打つ。

「よしっ、いい飲みっぷりだ」

満足そうに言って、沢田さんはぼくのコップと自分のコップにビールを注ぐ。

沢田さんは、おとおしに出てきた南京豆の殻を無造作に床に落としながら、豆を口に入れる。それがこの店の流儀らしい、と思いながら、ぼくも真似する。

今日、ぼくの悪い予感はあたった。

「ちょっと、柱建てるの手伝ってくれや」

休憩が終わると、沢田さんが言った。

「あれ、二人でかつぐんですか？」

不安げにぼくが訊くと、

「ああ、そうだよ」

こともなげに、沢田さんはこたえた。「おれが根元を持つから、あんたは先っぽの細いほうを持ってくれ」

ちゃんと腰を落として持ち上げろよ、腰を痛めるからな。いいか、せーの。なんとか、持ち上がったものの、そのまま歩くことなどとても無理だ。沢田さんが、舌打ちと溜め息をついた。

「ちょっと車から、安全帯に使ってるロープを持ってきてくれ」

と、沢田さんが、ぼくに命じた。ぼくがロープを持って戻ると、沢田さんはロープをコンクリートの柱に巻き付けた。このロープを持って持ち上げてみな、といわれてやってみると、これならどうにか持ち歩けそうだった。

途中何度か休みながらも、穴の所まで、コンクリート柱を運んだ。穴のふちに板切れを当て、まわりの土が崩れ落ちないようにしてから、コンクリート柱の根元を穴に滑り込ませるようにした。「早くこっち来て一緒に持ち上げろ!」板をあてがっていたぼくを、沢田さんが大声で呼んだ。沢田さんは、45度ぐらいに柱を持ち上げたところで顔を真っ赤にして踏張っていた。ぼくは急いでかけつけて、力を合わせた。せーの。柱は、直立し、ズシンとすっぽり穴のなかにおさまった。わずかに傾いている柱の先端が、まぶしい夏空を指した。

「よおし」

沢田さんが野太《のぶと》い声で言った。

ふーっ、ぼくは大きく溜め息をついた。何事かをなしとげたという満足感。

ふと、右肩のあたりに汗がしみる感じがして、見ると、いつのまにかできた擦り傷に血がにじんでいた。それさえも、快い感覚だった。

「はい、鯨南蛮百丁上がり!」

カウンターの内側で、丸々と太ったおばさんが声を上げる。すると、カウンターのあちこちから、「あ、こっち、こっち」「あっ、こっちも」と声がかかる。

「こっちにも二十丁！」

沢田さんが負けじと声を張り上げる。

「ああ、好い男、毎度。はい、二十丁お待ち！」

おばさんが笑顔で、皿をふたつ、でん、でん、と置く。

「あ、それから、ホルモン煮を二十丁」

と沢田さんは頼み、「おれは酎ハイにするけどあんたは？」

ぼくもそれでいい、とこたえると、

「酎ハイも二十丁」

と沢田さんは付け加える。

「ここの店はね」

小声で沢田さんが言う。「酒とホルモン煮以外は、客の注文とらないんだよ。奥で親父が適当に作ったつまみをさっきみたいに、客が取り合うんだけどさ、見事にこれが全部さばけちまうんだよな。新入りの客は、注文するからすぐバレる」

酎ハイと煮込みが置かれる。酎ハイを一口飲んで、ぼくはむせる。たまに行く、チェーン店の居酒屋の水っぽい酎ハイと、焼酎と炭酸の割合が逆になっているような味だ。焼酎の匂いが鼻にツーンとくる。だいたい、炭酸が泡立っている気配がない。それを沢田さんは、うまそうにごくごくとあおっている。

「その肉、犬だぜ」

煮込みにはしを付けはじめたぼくを見て、おどかすように沢田さんが小声で囁く。

「えっ」

と思わず、口を押さえたぼくに、「冗談だよ、冗談」と沢田さんは愉快そうに笑う。

「まあそういう噂もあるにはあるんだけどさ、じつのところ、おれも知らないで食ってるんだよ。でも、うまいだろう」

ぼくはうなずく。にんにくの強い味付けが焼酎とよく合う。酒がすすみそうだ。うまいものはうまい。たとえそれが犬だってかまうもんか、食ってやる。ぼくは今日から、あの職安のカウンターの外側の人間になったんだから。少し酔いがまわった頭で思う。

小学生の頃、草野球をした帰り道に、近くの鉄工所の工員たちの仕事帰りとよくぶつかった。工場で一杯ひっかけてくるのか、真っ赤な顔で自転車をこいでいる人もいた。「坊主、野球頑張れよ」と声を掛けてくれる人。みんなやさしそうだった。その鉄工所がつぶれてしまったとき、「うちは公務員だから、つぶれるってことがなくて、ほんとによかったよ」と得意げに言い放ったおふくろの言葉をぼくはいまだに忘れない。その鉄工所には、友達の父親も働いていた。

「仕事を覚えるまで、当分は日給5000円。定時は、八時から五時半。保険はなし。要するに弁当とケガは自分持《てめえ》ちってことだ、それでいいか?」

はい、とぼくはこたえる。

「まあ、ときどき飲みに連れてってやるからさ。ただし、女っ気のあるところは期待すんなよ。おれは、酒を飲むなら、こういう居酒屋、女の顔が見たくなったときにはトルコかピンサロに行くって決めてる。スナックってとこはどうも苦手でさ」

沢田さんが二杯、ぼくが一杯、焼酎のおかわりをして、店を出る。夏の外は、まだ、薄明るい。

「今日の日当だけは払っておくから、ちょっと家に寄ってってくれるかい?」

と沢田さんが言う。

近くにとめていたワゴン車を沢田さんが酔っ払い運転して、けさ待ち合わせた団地へ向かう。車を降り、沢田さんに続いて階段を三階まで昇る。

沢田さんが玄関の鉄の扉を開けると、「パパだ!」「パパが帰ってきた」と小さい子供たちの声がおこる。

五歳ぐらいの女の子と、三歳ぐらいの男の子。沢田さんは、ねだられて、二人を代わるがわる抱き上げる。二人とも、沢田さんによく似ている。

「ママは?」

と沢田さんが訊ねると、

「向こうの部屋。お姉ちゃんも一緒」

と、女の子がこたえる。

「汚いところで悪いけど、ちょっとあがってそこに座っててくれや」

と沢田さんが言い、ぼくは、靴を脱いで、台所の小さなテーブルの椅子に座る。何気なくまわりを見回す。流しに汚れた食器が積み重なっている。台所を挟んで、部屋がふたつある。左手の襖が開いているほうの部屋は、居間らしくテレビが置いてある。さっきの二人の子供は、ちらちらと、こちらを窺いながら、こたつのテーブルのうえで、絵を描いている。

沢田さんが入っていった右手の部屋で、小さな話し声が聞こえる。ぼくは、昨日の電話のやけにおとなしそうな沢田さんの奥さんの声を思い出す。

沢田さんがあらわれ、後ろ手に襖をしめる。

「きょうはどうもごくろうさん」

と、茶色の封筒をぼくに手渡す。

いちおう、中身を確かめて、と言われて覗くと、千円札が五枚入っている。確かに、とぼくは封筒を掲げるようにして言う。

閉まったままの襖を見て、何となく、長居しちゃまずいような雰囲気を感じたぼくは、早々に引き上げることにする。

玄関で、バスケットシューズを履いているぼくに、

「煙草買いにいくから、そこまで送ってくよ」

と、沢田さんが声をかける。

「お茶も出さないで、悪かったな」

構内道路を歩きながら、沢田さんが言う。

「いいえ」

「女房のやつ、客にろくに挨拶もできないような女なんだ、許してやってくれよな」

ぽつりと、沢田さんが言う。

沢田さんとぼくは、しばらく無言で歩く。背は、175センチのぼくのほうが少し高い。だが、胸まわりも腕も沢田さんはぼくよりもずっと逞しい。街灯の柱を持ち上げたときの力こぶが目に焼き付いている。

「お子さんは三人ですか?」

とぼくが訊ねる。

「ああ、あの上にもうひとり女の子がいる。そいつはおれが十九のときの子だ。その頃遊びで付き合ってた女にガキができて、籍入れて、堅気になった。まあ、よくある話さ」

と沢田さんがこたえる。

また無言になった沢田さんと肩を並べて歩きながら、こんな気分で親父と歩いたことがあったな、とぼくは思い出す。

それは、中二の夏休みのことだ。ぼくは、初めて家出をして補導され、親父が警察に引き取りにきた帰り道だった。

「なんでこんな馬鹿なことをしたんだ」

と親父が訊いた。

「ぼく、おふくろが嫌いなんだ。一緒にいたくないんだよ」

啜《すす》り泣きながら、ぼくが答えた。

しばらく黙っていた親父が口を開いた。

「その気持ちは、お父さんにもわからないじゃないさ。鮮は、お父さんが、好きでお母さんと一緒に暮らしてると思うのか?」

そう言って親父は、ぼくの顔を覗き込むようにした。

ぼくは、顔を上げて親父の顔をじっと見た。親父は淋しそうに頬笑んでいた。何だか、ぼくもおかしくて、笑ってしまった。むしょうに淋しいのに、心が暖かだった。

「でもな、鮮」

笑いを消して、親父が言った。「それでもお父さんとお母さんは夫婦なんだ、だからお父さんはおまえの味方をするわけにはいかないんだ」

わかるか？　ときかれて、ぼくは、少しわかるような気がする、とうなずいた。

「それがわかるなら、おまえはもう大人なんだ。だったら、あんまりお母さんを心配させるようなことはするな。お母さんな、また寝こんじまったぞ」

と親父が言った。

「またかよ、何かあるとすぐこれだ」

とぼくがこたえた。ぼくたちはもう一度顔を見合わせて笑った。

構内道路から広い道路に出たところで、

「じゃあここで、お疲れ」

と沢田さんが手を挙げる。

「お疲れ様でした」

とぼくも手を挙げる。

「明日の朝、足が痛くて起きられないかもしれねえけど、這ってでも出てこいよー」

後ろから声がする。

「はいよー」

とぼくは振り向き、大声でこたえる……。

☆

ぼくはいま、アパートの部屋でうつぶせになっている。

幹の細い指が、一生懸命ぼくのふくらはぎを揉んでいる。その左手の薬指には、指輪がはまっている。

それは、およそ一と月前の初仕事の日、帰り道のアーケードで目にして、酔いにまかせて思い切って入った閉店まぎわの宝石店で買ったものだ。ぼくは前から、幹の指に、指輪の跡がかすかに残っているのが、気になっていた。サイズがわからなかったけれど、「年は十七で、指がすごくほっそりしてる子なんだ」とぼくが告げると、若い店員の女の人は「もし、合わなかったらお取り替えしますけど、たぶん7号ぐらいね」と選んでくれた。

「若い子なら、絶対これを喜ぶはず。いま流行《はや》ってるのよ」

とすめられたのは、黒くてまわりに金色の縁取りがしてある指輪だった。シンプルな感じが、ぼくも気に入った。金額も、何とか手持ちで間に合った。

「あ、オニキスじゃない。わたし欲しかったんだ、こういうの」

と、幹は大喜びしてくれた。心配していたサイズもぴったしだった。

その日の夕食のさいちゅう、恥ずかしいことにぼくは、ふくらはぎが攣《つ》ってしまった。今まで味わったことのない、筋肉がまっぷたつに裂けるかのような、はげしい痛みだった。それ以来、「指輪のお返し」といって、寝る前に、こうやって幹が足をマッサージしてくれるようになっている。

あの後、一週間ほど、穴掘りばかりが続いた。「梅雨のあいだに街灯工事がたまっちまって」なんて、沢田さんは言い訳したが、要するに人手が足りなかったんだろう、と察しがついた。

穴掘りが一段落してからは、まだ、ワゴン車から現場まで工具や電線、パイプなどの材料を運んだり、作業中に命じられて車まで部品を取りにいったり、ハシゴに昇っている沢田さんに下から電球を手渡し、逆に受け取ったアクリルのカバーを水洗いしたり、伝票の完了印を管理人の所にもらいにいったり、といった下働きばかりだが、工事するところは団地が多いので、階段の昇り降りが結構きつい。沢田さんには、駆け足で動くように言われている。

ときどき、同じ団地内で、別の工事があるときは、ぼくが街灯の球を取り替えさせられることもある。初めて、ハシゴに昇ったとき、ぼくは、下で見るのよりもはるかに高く感じられる眺めに、ビビってしまった。それに、ハシゴを架けているところが、曲面なので、少しでも重心を移動させるたびに、ぐらり、ときそうになる。恐々手を上のほうに伸ばして作業しているぼくを見て、もう一段上に昇って、見下ろす格好で作業をすると楽だ、と沢田さんは言うが、足が棒のようにこわばってしまい、その一段がなかなか昇れない。

筋肉に無理な力がかかるせいか、街灯一本昇っただけで、足がガクガクになる。

「おれだって最初の頃は、おまえは高所恐怖症かって、親方にさんざんドヤされたもんだよ」

でも、楽々とハシゴを昇り、ハイウェイ型の街灯なんかは、ほとんど地面と平行になるところまで身体を仰向けに倒した格好で修理したり、ビルの屋上でフェンスの外に跨ぎ出て、空に半身をさらして工事したりといった、見ているこっちのほうが身の毛立つようなことを平気な顔でこなしている沢田さんからは、とてもその言葉は想像がつかない。

沢田さんにはこれまで、二度、このアパートに来てもらっている。ぼくたちが迎えた唯一のお客さんだ。

一度目は、初めての給料日の夜、例の居酒屋で飲んだ勢いでやってきた。その日、酒を飲みながらぼくは、幹とアパート住まいをしていることを沢田さんに打ち明けたのだ。

よしっ、いまどきの若者の同棲生活をしっかりと観察してやるか、と階段を上った沢田さんは、ドアを開けるなり、

「何だか、鑑別所の部屋みたいだな」

と、開口一番、言い放った。まるで鑑別所に入ったことがあるような口振りに、ぼくはドキリとさせられた。そうして、幹のことをさかんに、可愛い奥さん、奥さん、と呼んで、ぼくたちを照れさせ、押入のなかの赤ん坊を酒臭い息を吐きかけながら覗き込んでは、「梢子ちゃんはパパ似だな」「絶対にパパ似だな」を連発して、少しぼくたちを苦笑させた。

「しかし、本当に何もない部屋だな」

それでも見渡したというべきだろうか、顔を左右にひねっただけで、沢田さんが言った。

「風呂はどうしてる？　銭湯は近いのか？」

「ぼくは、仕事帰りにときどき銭湯に寄ってくるんですけど……」

「わたしは、赤ちゃんと一緒なんです。あれ」

ぼくの言葉を引き受けるように、幹が言い、部屋の隅に立て掛けてあるベビーバスを指差した。

少しあきれたような顔で笑っていた沢田さんが、

「あ、そうだ」

と指を鳴らして言った。「奥さん、今度洗濯機持ってきてあげますよ。流しのそこの板の間に置けるでしょう」

それから沢田さんは、ぼくのほうを見てにやりと笑い、言い加えた。「あれって、風呂にも使えるんだぜ、知ってるかい？」

沢田さんが帰った後、

「好い兄貴ってかんじで、わたし好きよ、沢田さん」

と幹が言った。

その次の日曜日、沢田さんは本当に洗濯機とそれから14インチの白黒テレビを持ってやってきた。下取りした電化製品を修理して中古販売している、昔の仲間の所からただでもらってきたんだから心配するな、と沢田さんは説明した。

洗濯機はたしかに無理をすれば風呂として使えないこともなかった。じっさい、初めて試してみたときは、幹もおおはしゃぎだった。でも、沢田さんには悪いけれど、やっぱりベビーバスのほうがまだましだ、という結論になった。とはいえ、梢子の多い洗濯物をわざわざコインランドリーにまで持っていかなくても済むようになったことを、おおいに幹は喜び、洗濯機を重宝していた。

今日もぼくは仕事から帰ると、まず、ビニールシートを敷いた上に置いたベビーバスで梢子の沐浴をすませた。左手の親指と中指とで梢子の両耳をふさいで湯が入らないようにして、ベビー石けんを塗りたくったガーゼで身体を洗った。ぼくは、もうすっかり手慣れたものだった。梢子の黒目に、自分の顔が魚眼レンズで見たように少し歪んで映っていた。それを見るたびに、おれが父親だよ、とぼくは心の中でそっと呼びかけていた。血の繋がりなんて関係あるもんか、それでもぼくは可愛がってやる、と思った。

心地よげに口を横に薄く開いてうとうとしかかっている梢子を抱き上げ、「ほうら、ゆでダコ一丁あがり!」と、バスタオルを広げて待ち構えている幹に手渡した。ベビーバスの残り湯で身体を洗ったぼくたちは、湯上がりに一本の缶ビールを分け合って、乾杯した。それからぼくたちは、シチューができるまで、横になり、じゃれあってすごした。ときおり、短いキスを交わしながら。

短パンにTシャツ姿の幹の下腹に、ぼくはそっと頭を乗せた。まだ少し脹らみをのこしていて、柔らかだった。

「重くない?」

とぼくが訊いた。

「うん」

幹は目を閉じたまま、小さくうなずいた。そして、探るように右手を這わせてぼくの頭に届くと、髪の毛をゆっくり撫ぜはじめた。そうしていると、ぼくは、幼い頃の記憶に触れているような切ないなつかしさを覚えた。それは、おふくろの膝ではなく、よく預けられていた近所のおばさんに耳を掃除してもらっているときの柔らかな膝の記憶だった。

「アキレス腱も、殺してあげようか?」

と、幹が訊く。

「うん、頼む」

と、ぼくが答える。

幹が、親指と人差し指で、ぼくのアキレス腱をつまむように揉む。高校のテニス部の合宿でお互いにマッサージをしあうときに、ここのことそう言って頼むの、と幹が教えてくれた。

薄いベニヤの壁ごしに、呻くような男女の声が聞こえはじめる。主人の出掛けに廊下で手話をしている二人を幹が見かけて聾啞者だと知るまで、ぼくたちはその声をセックスをしている声だとばかり思い込み、お互いに目を合わせづらくしていたものだった。主人が帰ってきて始まった、夫婦の団欒の情景をぼくは思う。さびしくもあたたかい心静かさ。

「睦荘《むつみそう》」というのが、この木造二階建ての老朽アパートの名前だ。共同の玄関を入ると、右手に、碁盤縞《ごばんじま》の枠組みを持った下駄箱がある。いつも砂埃でざらついている廊下を上がるとすぐ左手が階段。部屋は一階と二階にそれぞれ四室ならんでいて、奥が共同トイレだ。

全部で八室あるうち、確実に人がいる気配が感じられるのは、一階を入ってすぐの予備校生の部屋と、二階のいちばん奥の聾唖者どうしの夫婦の部屋、そしてその手前のぼくたちの部屋の三室だけだ。それでは他の部屋が空室かというと、そうでもないらしく、幹が言うには、昼間などときおり人の気配がするという。じっさいぼくも、それらの部屋のひとつで、電話が延々と鳴り続けているのを聞いたことがある。いずれにしても、それらの部屋にどんな人が住み、あるいは利用しているのか、ぼくには皆目見当もつかない。

今夜も、ぼくが帰ってきたとき、窓に明かりがともっていたのは、三室だけだった。カーテンもない窓に灯っている裸電球の明かりを見るたびに、ぼくは、小学生の時分、遊びにいった友達の家で、木の林檎箱に藁を敷き暖房代わりに裸電球をともしてヒヨコを飼っているのを見せられたことを思い出した。自分も飼ってみたいと思ったが、生き物が大嫌いなおふくろが許してくれるわけがないとあきらめた遠い昔……。

「隣の奥さんにも、パン頼まれちゃった」

ぼくのアキレス腱を殺しながら、幹が言う。

十日ほど前から、幹は、朝の四時半から七時まで、パン工場で働いている。スーパーに貼ってあった、出入りの業者のパート募集の貼紙を見て応募して採用された。

「要するに、パンの仕分けの仕事。広い部屋に、お店ごとに分けられたトレイがずらっと並んでいて、わたしは伝票を見ながら、パンが一杯入った荷台を押して、伝票に書いてあるぶんだけの数のパンをトレイに入れて回るの。でも、数が合わなかったりすると、最初から確認して回らなきゃならなかったりして、結構大変」

初めての日、幹はそんなふうに仕事の説明をした。それから、目を輝かせて、「帰るときにね、300円出せば、大きな袋一杯にパンが取り放題なんですって、ねっ、すごいでしょう」

たしかにそれは、ぼくたちにとって、天の恵みに等しかった。炊飯器もないので、そうやって主食が確保されるのは大助かりだった。パンといっても、食パン、調理パン、菓子パンとさまざまな種類が揃っていたから、毎日でも飽きることはなかったし、シュークリームや、マドレーヌなんかのお菓子まで調達できた。

「明日あたり、また仕込んでこようと思うんだけど、なんかリクエストある?」

「そうだな、メロンパンと、ピザパンを入れといてくれ」

「うん、了解、了解」

幹は、最後の仕上げに、ぼくの土踏まずに乗って足踏みをはじめる。

一日の疲れが甘く溶けていくように感じながら、ぼくはうとうとする。沢田さんの所で働き始めてから、この部屋で寝泊りするようになっている。

(あのお婆さんも、もう眠ってるだろうか? ドライヤーが使えなくなって大丈夫かな?)

「お願いですから、土足のままであがってください」

と、頼んだ、一人暮らしのお婆さんのことが、ぼくの頭に浮かぶ。今日漏電の修理に行った老朽化した分譲住宅に住んでいたお婆さんだ。

その部屋は、床一杯に新聞紙が敷きつめてあり、すごく臭かった。ときどき、団地の部屋で犬や猫を飼っている家に出くわした。禁止されているので、ぼくたちが工事にいくと、押入に隠してしまうこともあったが、そういう家は、入ったとたん一発でにおいでわかった。「大丈夫ですよ、いちいち役所に言い付けたりしませんから」と沢田さんが言うと、安心したような顔つきになるのが常だった。

その部屋にこもっているにおいは、そのにおいを何十倍も強烈にしたようだった。お婆さんは、もう足腰がちゃんと立たないようだった。漏電の原因は、年代物と知れるドライヤーの故障だった。「いいですか、このドライヤーはもう絶対に使わないでくださいよ。下手すると、感電してしまいますからね」沢田さんは、耳も遠くなっているらしいお婆さんの耳元で、大声で言い聞かせた。

たぶん洩らしてしまったおしっこを乾かすのに、ドライヤーを使ってたんだろうな、それにしても身寄りはいないのかねえ。帰りぎわ、沢田さんがぼくが考えていたのと同じことをつぶやいた。

「鮮、もう寝たの？」

幹の言葉をぼくは遠い気持ちで聞く。こうしていられる自分たちはなんて幸せなんだろう、とぼんやり思う。

やがて幹が、裸電球の明かりを消して、ぼくの背中に寄り添い、首筋に唇を押し当ててくるのを感じる……。

流しに立っている幹が、包丁を使っている音がする。

幹がパン工場から帰ってきたときから、ぼくは目覚めている。だが、幹が台所仕事をしている音を聞きながら、寝床でぐずぐずしているこのときが、ぼくは好きだ。

幹がいないあいだに、一度だけ梢子の紙おむつを取り替え、ミルクも飲ませた。うんちをしていた。下痢気味なのが少し気になった。まだ、ミルクしか飲んでいないせいか、鼻をつまみたくなるようなにおいはなかった。

おしぼりウェッティーでお尻を拭いてやると、自然と梢子の股間の淡いピンク色の小さく尖った芽とその下の蕾《つぼみ》のようなふくらみに目がいった。それは、清らかな存在だった。

おしめを取り替えてもぐずっているので、ミルクも飲ませることにした。鍋のなかの煮沸消毒してある哺乳瓶を取り出し、ダルマ落しみたいな容器に一回分ごとにわけてある粉ミルクを魔法瓶のお湯と湯ざましで溶いた。ぼくは、梢子を押入から床の上に移し、添寝しながらミルクを飲ませた。哺乳瓶の中のミルクが、小さい泡をのぼらせながら、少しずつ小さな口に吸い込まれていった。

顔を近付けてみると、酸っぱいようなにおいがした。それは、醗酵したミルクのにおいとも食物が腐ったにおいともちがっていた。そうだ、幹を訪ねて行った産院の分娩室に漂っていたにおいと同じだ、とぼくは気付いた。

そこは、十五畳ほどの広さの白いタイル張りの部屋だった。大きな窓から樹間を透かして見える西空の赤みが、白い室内をわずかに褐色に染めていた。部屋の中央に、黒いビニールレザー張りの寝台があった。その寝台の頭上には、鉄棒のようなものが渡してあり、膝の位置あたりの両脇には皮のバンドが付いていた。人気のない産院の分娩室の扉を開けて、それを目にしたとき、ぼくは、膝を立て手足を大きく開いた格好で皮のバンドにくくり付けられ、鉄棒を握りしめて息んでいる幹の姿を生々しく思い描いた。そして、吐き気をともなった胴震いに襲われた。

メスや鉗子《かんし》などが収められているらしいガラス付きの白い戸棚、ワゴンに乗った電子機器、点滴用のスタンド、車椅子、洗面器、小さな体重計、ステンレスの大きな流し……。気を取り直して、ぼくは、室内を見回してみた。だが、その酸っぱいにおいのこもった室内にみなぎっている男である自分を寄せ付けない気配のようなものに気圧される思いで、すぐに扉を閉めた。

そのときのことを思い出すと、幹と梢子の濃いつながりの中にはしょせん自分は入りこめないものがある、というような思いにとらわれて、ぼくは不安な気持ちになった。そうして、考えが及ぶ先は、やはり、梢子の本当の父親のことだった。幹もぼくも、そのことに触れることを避けているけれど、ある日、突然、見知らぬその男があらわれて幹と梢子を連れて行ってしまう、いまの暮らしはそれまでの仮の生活なんだ、という想像を拭い去ることができなかった。

気が付くと、梢子は、泡だけになった哺乳瓶を物欲しそうにスパスパ音を立てて吸っていた。軽く鼻をつまんでから乳首を離させると、梢子は一瞬息を震わせたが、すぐに口を横に開いて静かな寝息をたてはじめた。

ぼくは、梢子をたて抱きにして、背中をさすった。ずいぶん首が据ってきたようだった。すぐに、げっぷが出て、ぼくはほっとした。げっぷを出させないと、あとで吐いてしまうことがあるんだって、窒息することもあるそうよ、と幹が育児書で読んで以来、ぼくたちは、ミルクを飲ませたあと、げっぷを出させることに懸命になった。「まだ出ないの」と泣きそうな顔をしながら、幹が夜どおし梢子の背中をさすっていることもあった。

「ご飯ができたから、起きて」

幹が言う。

ぼくは起き上がり、梢子を押入の上の段に寝かしてから、布団をたたんで押入の下の段にしまい、テーブルを引き寄せる。

ツナトーストとベーコンエッグ、昨夜の残りのシチュー、それに野菜サラダ。簡単なものではあるけれど、幹は料理がうまい、とぼくは思う。手際がいい。あの男と前にこんな暮らしをしてたことがあるんだろうか？　という疑問をぼくはあわてて打ち消す。

「梢子のうんち、ピーピーだったぜ」

「うん、昨日からそうなの。少し咳もしてるから風邪だと思うんだけど」

「あとで、薬と、それから体温計も買ってこいよ。あ、それとも昼休みにおれが買って持ってこようか」

「ううん、大丈夫。寝ている隙に走って買ってくるわ」

「じゃあバイク置いていこうか？」

「ううん、大丈夫だってば」

時計がわりにつけているテレビの7：45の数字を見て、ぼくは立ち上がり、作業着に着替える。

「じゃあ、行ってくる」

「うん。気を付けてね」

いつものように出がけのキスをしてから、ぼくは扉を開ける。

階段を下り、下駄箱からすっかり色褪せてしまっている黒いバスケットシューズを取り出して履く。この仕事をはじめてから、靴の傷みがすごくはげしい。今度給料をもらったら買い換えようかな、とぼくは思う。

アパートの塀ぎわにとめてある50CCのミニバイクにぼくはまたがる。このバイクも、沢田さんの斡旋で安く買った。パン工場への往復に、幹も使っている。

窓から顔を見せている幹に軽く手を振ってから、ぼくはヘルメットをかぶり、バイクのエンジンをかける。

八時少し前に、沢田さんの住む市営団地に着く。管理事務所の脇に、ぼくはバイクを止めさせてもらっている。沢田さんはこの団地に、「電気技術管理人」という資格で入居しているので、管理人とは顔見知りだ。

「あんたにもいい手下ができて良かったねえ」

バイクの駐車を許可してもらいに行ったとき、六十年配の管理人は沢田さんに言った。「あんたが、上野さんのところで働き出したのも、これぐらいのときだったよねえ。頭なんか、爆弾みたいな髪の毛しててさあ」

沢田さんは苦笑していた。

管理事務所の入口は、まだ鍵が閉まっている。管理事務所の隣の公園で、懸垂をしていると、まもなく、短い警笛を鳴らして、ワゴン車の沢田さんが呼ぶ。

「オスッ」

「オスッ」

挨拶をかわして、ぼくが乗り込むと、

「今日は、細々した工事を片付けるとするか」

と沢田さんが言う。

はいよっ、とぼくは答える。

いつものようにワゴン車は、まず、「宮城野電設株式会社」に向かう。

いつか材料も、自分持ちになりたい、というのが沢田さんの口癖だ。今のところは、上野さんの所から材料を支給されて、工賃を稼ぐだけだが、そうなれば、見積り金額と仕入れの金額の差額でも儲けられるのだそうだ。

「工賃だって、無条件に、親方に一割ピンハネされてんだぜ。まあ、仕事取ってきてもらってるから文句は言えないけどよ」

と、沢田さんは言う。

「水銀灯の球、１００Ｗが一つ、４０Ｗが四つ、Ｋ２１ｗｐが二台、Ｄ１１普通のやつが三台、ＤＣタイプと、ＳＴタイプが一台ずつ、Ｄ２１が二台、Ｄ２２が一台、Ｄ４２が一台、それから片切りスイッチと三路スイッチが一箱、埋め込みコンセント二口のやつも一箱、取り付け枠とプレートも一揃い出しとけ……」

伝票をめくりながら沢田さんが言い、ぼくは倉庫の中から材料を取り出す。照明器具やスイッチ、コンセントの類なら、ぼくも材料の見当がつくようになっている。

沢田さんが言う記号めいた呼び名は、役所でそれらの器具を呼ぶ言い方にならっている。たとえば、Ｋ２１ｗｐなら、Ｋはカバー付きのウォールライトのことで、次の数字の２は２０Ｗ型を、次の１は１灯用であることを意味している。ｗｐは、屋外の防水型。Ｄは、逆富士型の蛍光灯の総称で、数字の意味は同じ。Ｄ４２は、４０Ｗ２灯用ということ。それからＤＣタイプというのは、非常用のバッテリー付きのやつ。ＳＴタイプは、点灯方式が、普通のグローランプ方式じゃなく、電子スタートという方式によるものだ。

驚くのは、沢田さんが、伝票を見ただけで、修理する箇所にどんなタイプの器具が付いていたか即座に思い出すことだ。たとえば、ダイニングの蛍光灯一つとっても、団地によって、また同じ団地でも棟によってタイプが違うにもかかわらずだ。

「いくらおれみたいな馬鹿でも、十年もやってりゃそれぐらいは覚えちまうさ」

ぼくが感心すると、沢田さんは照れ臭そうに、そう言う。けれども、沢田さんの電気工としての腕が、なかなかの物であるらしいことにぼくは気付いている。上野さんは、現場の仕事はほとんど沢田さんに任せっぱなしだし、他の業者に出している工事についての意見を聞くことも多い。役所の担当技師と打ち合せをしているときも、堂々と渡り合っている。管理人たちも、沢田さんの顔を見ると、「おたくが来てくれて助かったよ」と、他の業者の悪口を洩らすことがある。

一度、こんなことがあった。

ぼくたちが団地の管理事務所でお茶を呼ばれているときに、あわてた様子で役所の建築担当の技師が電話を借りにきた。電話が終わると、技師は、「ちょうどいいところで会ったよ。ちょっと現場を見てくれないか」と沢田さんに言った。

団地の部屋にクーラー用のスリーブを設ける工事を請け負っている建築屋が、ダイヤモンドカッターでコンクリートに穴を開けているときに、何室か電気の配管も一緒に切断してしまった。すぐに出入りの電気屋に頼んで直させたようだが、最上階の部屋だけは、天井を剝がさないと直らないと電気屋が言っている。居住者は、いきなりそんな工事をされても困る、と怒っていてね、ほんとまいってるんだよ。現場に向かいながら、技師はそんな説明をした。

現場の四畳半の一室には、建築屋の現場監督と出入りの電気屋、居住者らしい婦人が立っていた。

うちの住宅の電気設備のメンテナンスをやってもらってる宮城野電設の沢田さんだ、と技師が紹介した。

部屋の窓際の壁に、ぼくの目線の少し上の高さに直径十センチほどの丸い穴が開いていた。その真ん中の上下に、切断されたパイプが口を開けている。

「19φ《じゅうく》のパイプかな」

穴を覗き込んでいた沢田さんが、つぶやくように言うと、

「そうです、19φです」

と、電気屋が応じた。

「こりゃあ、また、ずばっとやったもんだなあ」

と、沢田さんが言った。「ダイヤモンドカッターってやつは、ショートさせても刃先がいかれないからねえ。職人さんもひと穴開けていくらだから、電気のパイプなんかおかまいなしでがんがん開けやがる」

「ええ、気を付けろって言ってはいるんですけど、なかなかねえ」

と、現場監督。

「この下の配管が、ここのコンセントに行ってるわけだ」

穴の真下にあるコンセントを沢田さんは指差した。

「はい」

と、電気屋。

「で、この上の配管が……」

「ええ、たぶんこの照明のシーリングの所にきてると思うんですがねえ」

部屋の真ん中のサークラインを見上げて、電気屋が言った。「他の部屋は、全部ここがコンクリートの天井埋め込みのシーリングになっていて、その裏ボックスと、このコンセントが配管でつながってたんです」

「ああ、なるほど」

「でも、最上階のここだけは、天井が木《もく》でしょう。それに、ここにはFケーブルがころがしで来てるんですよ。だから、天井裏のどっかに、ジョイントボックスが設けられてあると思うんですよ。でも、それがどこにあるのか、ちょっと天井を剥いでみないとわかりませんよね」

沢田さんは、シーシーと奥歯を鳴らしながら、うんうんというようにうなずいた。

「それとも天井を剝がさないとすれば、このコンセントだけ、露出配線にさせてもらうか、だ」

と、建築担当の技師が言葉を挟んだ。

みんなのやりとりを聞きながら、ぼくにも少しは事情が理解できた。

配管の中に入っている電線は、ＩＶ電線といって、銅線にビニールの被覆がされているやつだ。コンセントにきているのはこの電線。そして、ことつながっているはずの天井の照明の所には、Ｆケーブルという、並んだ二本のＩＶ電線にさらに灰色のビニールの外装が施されているやつが来ているというわけだった。ころがしというのは、配管ではなく、そのまま天井裏をケーブルがはっているという意味だ。だから、電気屋は、ＩＶ電線が、Ｆケーブルにつなぎかえられているボックスがある、と言っているわけだった。

「でもねえ」

と沢田さんは首をひねった。「そんな、天井を剝がなきゃわからないような所に、ジョイントボックスを設けたりするかなあ」

「昔の工事のことだから、わからないよ。ほら、ここの団地で、むかし水道の出が悪いっていうんで、わざわざ掘り返して改修したときの話」

「ああ、水道の本管の中から、職人がいたずらして入れたぶっとい丸太が出てきたっていう」

技師の話を現場監督が受け取った。

「そうそう、だからさ、昔の工事なんかいい加減だからさ」

「ほんとですよね」

そんな会話が交わされているあいだも、沢田さんは注意深く部屋のあちこちを見て回っていた。

「ちょっと斎木君、来てくれ」

ベランダに面して並んでいる隣の六畳間から沢田さんが呼んだ。「ちょっと、このタンス一緒に持ってくれ」

部屋の隅の大きな洋服ダンスを沢田さんは顎でしゃくった。

「ちゃんと元どおりにしますから」

何をしでかすの、とでも言いたそうな居住者の主婦にそう言い、畳を引き摺らないようにしっかりとかつげよ、とぼくに命じて、沢田さんは、せーの、と声を張り上げた。

人がひとり入れるだけのスペースを作ると、沢田さんはその中に入り込んだ。そこには、コンセントが隠れていた。沢田さんは慣れた手つきでコンセントをバラすと、「向こうの穴の所に行って、上に向かっている配管の中の線がうごくかどうか見てくれ」と言った。

「線が見えるか？」

「いいえ、中にもぐっちゃってて見えません」

「じゃあ、指を突っ込んでごらん」

「……あ、ありました」

「それじゃあ、うごくのを感じるかどうか、触ってて」

「はい」

「いくよ」

「あ、うごきました」

ぼくが叫ぶと、サッサッサッと、配管の中を線がうごいていく音が聞こえた。

沢田さんの所に戻ってみると、コンセントのボックスから引き抜いた、赤白二本のIV電線を手に、沢田さんは得意そうに笑っていた。

「最上階にかぎっては、この天井の照明は、分電盤の所からFケーブルで直接来てるんですよ。そして、このコンセントには、向こうの部屋のコンセントから窓の上をずっと配管されているってわけです」

四畳半に戻った沢田さんが、右手の人差し指で大きな弧を描くようにしながら言った。

まるで、天井裏やコンクリートの中が見えているかのように、説明している沢田さんは、さながら鮮やかに難事件を解決して謎解きを行なう名探偵といった感じで、じつに格好よかった。

「じゃあ、今日はどこからいこうか?」

材料を積み込み終わったワゴン車に乗り込むと、沢田さんが言う。

「そうですね」

伝票をめくりながら、ぼくが言う。今日のように多くの伝票仕事を片付けるときは、近い場所ごとに伝票を整理し直して、効率的に回れるルートを指示するのが、ナビゲーターであるぼくの役目だ。

「じゃあ、Y住宅から」

「ラジャー《了解》」

沢田さんがエンジンキーをひねり、ワゴン車は発進する。

今日も、これからぼくは、沢田さんにみちびかれて、新しい街との関係を結びに行く。そうだ、沢田さんが名探偵ホームズなら、ぼくはワトソン君だ……。

沢田さんが運転するワゴン車が、帰り道を急いでいる。

もう八時半を過ぎている。さっきからぼくは、あくびが出そうになる度に、沢田さんに遠慮して、目を白黒させながら懸命にこらえては飲み込んでいる。

「さすがに今日は疲れただろう？」

沢田さんが話しかけてくる。

ええ、とこたえ、ぼくは両手を組んで頭の上に乗せ、狭い車内で軽く背伸びをする。今日は、全部で二十ヵ所近い現場を回った。穴掘りこそしなかったけれど、コンクリートに穴を開け、鋼鉄に穴を開けた。他人の家の中にも入った。電柱に昇った。給水塔に昇った。ビルのパイプシャフトのなかに潜った。汚水槽の中に潜った。そして、天井裏の世界も覗き見た……。たしかに、すごくくたびれているけれど、最後の現場で覚えた興奮が、まだぼくの身体を包んでいる。

地べたを這いつくばるっていうのは、まさにこのことだな、とぼくは思った。

沢田さんとぼくは、机の下にもぐっていた。靴跡で黒く汚れた役所のオフィスのリノリウム貼りの床にうずくまって、今日の最後の工事をしていた。もう、残業時間に入っていた。勤務時間中に工事されるとうるさいので、職員が帰ってから、工事に取りかかるように、と担当者から言われてるんだ。おまけに、なるべく早くやってくれ、だろう。悪いけど、この工事が終わるまでは毎日残業してくれよな。申し訳なさそうに沢田さんは言った。

役所で、小さな配置替えが行なわれた。机の移動によって、各職員の足元に設置されているフロアー・コンセントの位置がずれてしまったので、その移設工事を行なっていた。

「こんなもの、本当は、各自がテーブルタップでもつなげばすむことなんだけどな」

と、不要になった配線を撤去しながら沢田さんが言った。

「まったく、お役所ってとこは、半年に一度ずつ、こんなつまらない工事を発注してきやがる」

あんたもちゃんと勉強して、こういうところで働いたほうがよかったのになあ、と沢田さんが笑顔を向けた。笑い返しながら、この建物の違うフロアーで親父が働いている、とぼくは思った。

いらなくなった線を、ぼくは注意深く一本ずつペンチで切った。初めてのとき、ぼくは、まさか電気が来ているとは思わず、外した蛍光灯にくっついていたFケーブルをいきなりぶった切ってショートさせてしまった。バチッ、と火花が飛び、ペンチの刃先は、一発でオシャカになった。それは、小学校の放送室の工事だったので、警報機まで鳴りだしてしまい、大変な騒ぎになってしまった。

「それくらいはわかるかと思ってちゃんと教えなかったのは悪かったけどさ、もしこれが負荷がかかってたりしたら、大怪我するか、運が悪ければ死んじまうことだってあるんだぜ。Fケーブルの中には線が二本入っているんだから、線は絶対一本ずつ切れよ。ペンチの刃先が金属部なんかに触れると漏電してしまうから、それにも気を付けてな。電気が来ていないといわれても、万が一ってことがあるから、どんなときでも絶対にそうする癖を付けろよ」そのとき、ぼくは、沢田さんにきつく言われた。それから、

「この仕事は目に見えないものが相手だから、臆病なほど自分で自分を守らなきゃケガする

ぜ」とも。

窓際の柱の所に付いている既設の埋め込みコンセントを腰高プレートで浮かし、そこから線を出して漏電ブレーカーを取り付け、コンセントの配線を延ばした。ここから先は、壁や床に配線を隠すというわけにはいかないので、露出配線になった。それでも、Fケーブルが剝出しでは見苦しいので、モールのなかに配線を隠した。普通のビニールのFモールでは、蹴飛ばされでもしたら簡単に割れてしまうから、白いメタルモールを使った。

沢田さんが長さを決めて印を付けたメタルモールをぼくが金ノコで切った。初めて金ノコを使ったとき、ぼくはすぐに刃を折ってしまった。「日本のノコギリは引いて切るけど、向こうのノコギリは押して切るんだ。そのつもりで切ってごらん」と沢田さんに教えられてから、めっきり折る回数が減った。それでも、まだ、ときどきやってしまうことがあった。バリーン、と音がして、刃がまっぷたつになり、手応えが失われると、ぼくは穴の中にでも入りたい気持ちになった。

「刃はいっぱい用意してあるんだから、どうぞどうぞ、心おきなく折ってくれ」そんなぼくを見て、沢田さんは慰めてくれた。

メタルモールと、金ノコを握っているぼくの腕とがうまく釣り合うと、力を入れたぶんだけ、鉄粉を散らしながら、切れ目がのびていった。金属と金属が擦れ合っている手応えが快かった。

ぼくはふと、うすっぺらな新聞紙と釣り合っていた以前の自分の腕を思い出した。だが、こっちのほうが、ずっと確かな手応えだった。

沢田さんが振動ドリルで、リノリウムが貼られた床の下のコンクリートに5ミリの穴を開けた。コンクリートの粉のにおいとビニールの焦げたにおいが混じりあった。そこに、ぼくは、ハンマーで鉛のカールプラグを打ち込んでいった。それから、メタルモールを木ビスで止めていった。木ビスがカールプラグの中に揉まれていくと、カールプラグがコンクリートの穴一杯に隙間なく広がって抜けなくなり、物を止めることが出来るという仕組みだった。

ぼくの腰にも、まだ真新しい工具が刺さったベルトが締められるようになっていた。それは、初めての給料日の翌日、電気材料店で、沢田さんが一式用意してくれた。電工ナイフ、ペンチ、+ドライバー、－ドライバー、ハンマー、圧着ペンチ。沢田さんのやつに比べると、全然工具の数は少ないけれど、その腰道具を締めたとき、ぼくは胸が高鳴るのを覚えた。工具の出し入れを繰り返してみると、拳銃を差したガンマンの気分だった。

途中に丸いジョイントボックスを設け、五つずつ二列に並んだ「営繕課」の全ての机の下にハイテンション型のフロアー・コンセントを取り付けたところで、いったん区切りを付けることにした。ほかにも、四つの課から、同じ工事の依頼が来ている、と沢田さんが言った。

少しずらした机の位置を元どおりに直し、机の下の電線クズや、コンクリートの粉を掃除機で掃除した。

「念入りにやってくれよ、あいつらこういうことにだけはうるさいんだから」

と沢田さんがぼくに注意した。

掃除が済んで、やれやれと顔をうかがったぼくに、この上に、蛍光灯を大至急一台増やしてくれって言われてるんだ、悪いけど、それだけ今日中にやらしてくれるかい、と沢田さんが拝み手をした。

二人で青いビニールシートを広げて、机の上にかぶせた。そうしてから、沢田さんが机の上にのぼり、天井埋め込み型の40W2灯用の蛍光灯を取り外しはじめた。蛍光管を下にいるぼくが、そっと受け取った。次に、反射板。

蛍光灯の器具を止めているらしいボルトのネジをはずした沢田さんが、器具をそっと天井の中にずらし入れた。天井には、器具の内のりだけの長方形の穴が開いた。沢田さんは、そこから身体を天井裏に潜り込ませた。

ぼくは、太くて長い錐をつけた振動ドリルを下から渡し、天井穴から臨時灯で天井裏を照らしてやった。そこに、思いがけず、にぎやかな世界があらわれて、心底ぼくは驚いた。いくらかは見知っているさまざまな太さの電気の配管や黒や灰色の電気ケーブルだけでなく、見慣れないパイプの数々が、入り組んで走っていた。そうして、コンクリートの本当の天井に向けて伸びている、この見かけだけの石膏ボードの天井や蛍光灯を支えるたくさんの吊りボルト。それはまるで銀色の樹木の森のようだった。いままで天井だと思っていたところがじつは地面で、その上にさらにもうひとつの世界が隠されていたことをぼくは初めて知った。

「あの四角いのが空調ダクトだろう、太いパイプが、水道の揚水管、こっちのが、排水管、それから、あれが火災報知機の空気管、それとガス管……」

感心しきっているぼくに、また一本吊りボルトの樹を植え終えた、沢田さんが説明してくれた。

ぼくは、地面の中にも、壁の中にも、こんな世界が隠されていることをありありと思い描くことができた。親父だって、ブラックだって、一度も目にしたことがないし、想像もしたことがないであろう世界。その世界で生きはじめた自分をぼくは強く実感した……。

「どうだい、車を置いてから、一杯やりにいくかい？」

と沢田さんが訊く。もうすぐ、市営団地に着くところだ。

「すみませんけど、今日はちょっと……」

とぼくはこたえ、実は赤ん坊が風邪ひいちゃったもんで、と言い加える。

「そうかい、それじゃあ、今日は可愛い奥さんの所に真っすぐ帰してやるか。ちょっと待ってろ、残業ぶんだけいま払うから」

沢田さんは笑顔で言って、ワゴン車をとめると、団地の階段を駆け上って行く。

しばらくして戻ってきた沢田さんが、ハダカのままで悪いんだけど、と言いながら千円札を五枚渡してくれる。思っていたよりも多い金額に怪訝な顔をしているぼくに、夕飯代も入ってるからさ、うまいもんでも食え、と沢田さんが言う。それから、沢田さんは、おれの家じゃ、もういらなくなったから、持ってけ、と箱入りの分厚い本を押しつけるようにぼくに渡す。街灯の明かりで読むと、黄色い箱に「リーチ博士の育児書」と書いてある。

「まあ、少しは参考になるだろうからさ」

「どうもいつもすみません」

ぼくは頭を下げて沢田さんと別れる。ほんとうに沢田さんは、ぼくの兄貴分だ、と思う。それから一人歩いて、管理事務所の所まで行き、ミニバイクに乗って家路を急ぐ。

途中の自動販売機で缶ビールを二本買い、いつものように、ぼくは、ほっとひと息つく思いでアパートの明かりを見上げる。

部屋の明かりが消えている。

急にぼくは、いやな予感に襲われる。バスケットシューズを脱ぎ捨て、階段を駆け上がり、扉を開ける。鍵が開いている。

外からの光が薄く差し込んでいる部屋の裸電球をひねると、テーブルのうえに書き置きがある。

「しょうこちゃんの具合がすごく悪そうなの。胸がゼーゼーしてて……。あきらに黙って行くこと、とても迷ったんだけど、やっぱり病院に連れていくことにします。落ち着いたらすぐに連絡するから、心配しないでね。　みき」

ぼくは、あてもなく、外に飛びだす――。

☆

ぼくはいま、マンホールの中に潜っている。

もう深夜十二時を回っている。昼間は車通りがはげしい道路も、ひっそりとしている。

ぼくは、マンホールの側壁に十二ヵ所開いている穴のひとつに蛇腹のホースの先を当てている。口元には、エアーが漏れないように、ウエースを厚く巻いている。

「準備OKです！」

とぼくは、地上に向かって、大きな声で叫ぶ。

「もう少し圧を貯めるから、ちょっと待ってくれ」

上から、返事が返ってくる。ぼくが握り締めているホースの根元は、バキュームカーにつながっている。加瀬さんが、バキュームカーのコックを調整している。そのたびにディーゼルエンジンの音が変わる。

土曜日の夜だけ、ぼくは、沢田さんのやっぱり仕事仲間だったという加瀬さんがやっているマンホール清掃の仕事を手伝うようになっている。いいカネになるんだ、やってみないか？と沢田さんから誘われたとき、ぼくは、一も二もなくOKした。週末の夜を一人でアパートで過ごすのは淋しかったし、何かをやっていれば少しは気が紛れると思ったからだ。

初めて会ったとき加瀬さんは、いつもは、何人か学生のアルバイトを使って仕事をしているが、土曜の夜だけは人が集まらなくて弱っている、と言った。

ぼくたちは、市から払い下げてもらったというバキュームカーと、軽のワゴン車とに分乗して現場へ行く。現場は、電電公社から指定されている。新しく、電話ケーブルを敷設する工事を行なう前に、マンホールの中と、それからマンホールとマンホールの間《スパン》の配管を掃除するのがこの仕事だ、と加瀬さんが説明した。

現場に着くと、まず二人がかりで、マンホールの蓋を開ける。ジャッキ棒――Tの字に把手の付いた細い鉄の棒の先が鉤に折れ曲がっているやつ――を使って持ち上げるのだけれど、これが冗談じゃなくすごく重い。これを毎日やっていたら、背筋がすごく付きそうだ。「足のうえに落として骨折した奴がけっこういるからな、気ィ入れてやれよ」と加瀬さんが言う。持ち上げてずらし置いたマンホールの蓋を見て、「これで、鉄板焼きをやったこともあるんだぜ」と沢田さんが、ぼくに言い、「なっ」と、加瀬さんに同意を求める。「ああ」加瀬さんは、苦笑し、「いまのは、コールタールが塗ってあるから、もうできないけどな」と言う。

蓋を開けて覗き込むマンホールの中は、雨水なんかが入り込んだ排水が貯まっている。まずそれをバキュームカーで吸い上げる。しばらくたって、濁った水面から、大蛇のように、黒光りするぬめぬめした膚を持った太い電話ケーブルが、姿を現し始める。人が入り込めるぐらいまで、水が引くと、酸欠になっていないかどうか、検出器で確かめてから、鉄のステップを降りる。ときおり、一酸化炭素が充満していることを報せる警報ブザーが鳴ることがある。脚立をおろし、側壁をデッキブラシでごしごしとこする。壁には、苔や、カビ、鉄サビがくっついている。

そうしているうちに、長靴で立てるくらいまで水が引くと、いよいよ、マンホールのスパンの清掃に取りかかることになる。このとき、ぼくたちは、加瀬さんとぼく、沢田さんの二手に分かれる。加瀬さんが、バキュームカーのコック操作を行ない、ぼくがそのホースを配管の入り口にあてがって持ち、沢田さんが、隣のマンホールの配管の穴から、ドラムに巻き付けられたスチールワイヤーの先に取り付けた、スポンジをさらしの布で包んだ、お手玉を細長くしたような、プールのコースロープのような格好をした〈ネズミ〉と呼んでいるものを送り出す、というふうに役割を分担している。

マンホール間の連絡には、トランシーバーを使っている。ときどき、トラックの運ちゃんたちの無線の電波が混信する。それは、迷惑ではあるけれど、深夜のこの時間他の人たちも働いているんだと、ぼくに勇気づけているかのようでもある。一度、煙草休みをしているときに、ヘッドホンをかけ、首から何やら大きな受信器のようなものを下げて、そこからつながった棒を地面に押し当てながら歩いている人を見かけたことがあった。「水道局の人が漏水調査をしてるんだ。あの棒の先に高感度の集音マイクが付いている」と沢田さんが教えてくれた。

スパンの配管の清掃が済むと、床をこすり、泥を集めるようにしながらすっかり排水を吸い取る。それから泥をかぶって汚れたケーブルをきれいに拭き、石鹸水を塗って、ピンホールがないかどうか検査する。

マンホールの蓋をふたたび閉めたのち、二種類の接着剤を混ぜ合わせて、ジャッキ棒をひっかける部分に流し込む。接着剤は煙を上げて、すぐに固まる。なぜそんな面倒臭いことを最近するようになったんだ、と訊ねた沢田さんに、「過激派対策らしいよ」と加瀬さんが答えた。次に工事をするときは、接着剤を溶かす薬品を持ってくるのだということだった。

「よおし、圧が貯まった。いくぞ！」

と加瀬さんが言う。

「はいっ」

とぼくが答える。ぼくたちはいま、スパンの清掃を行なっている。

「こちら、準備ＯＫ。そろそろいきます、どうぞ」

「ラジャー《了解》」

加瀬さんのトランシーバーから、沢田さんが返事する声が聞こえてくる。沢田さんは、ここから五十メートルほど離れた隣のマンホールにいる。

「十秒後にいきます、どうぞ」

「ラジャー」

それから加瀬さんが、いくぞっ、と大声でぼくに向かって叫ぶ。

ぼくはホースを持っている手に力を込める。

ブルン、とホースが震えるはじめの一瞬、その衝撃で身体が持っていかれそうになる。しばらくして、握っている手に、配管にしみ込んだ排水や汚泥がどんどんホースに吸い込まれていく手応えが伝わり出す。

真空に近い状態になった配管のこちら側から、高い圧力で吸い込まれ、穴の向こう側から〈ネズミ〉がグングン前進する。沢田さんの足元のドラムがはげしい勢いで回転し、スチールワイヤーが繰り出される。その様をぼくは想い描く。

だが、待っている〈ネズミ〉の足音はまだ聞こえてこない。

「いったん止めるぞ！」

と加瀬さんが言う。シューッと圧が漏れ、手応えが失われていく。

「いったん停止しました、どうぞ」

「ラジャー、ネズミ二十メートル前進、どうぞ」

「ラジャー、圧が貯まりしだい、二回目いきます、どうぞ」

「ラジャー」

待っているあいだ、マンホールの中は底冷えがする。何度か、水をかぶっている。ゴム長靴を履き、防水コートを着ているが、それでもしみ入ってくる。身震いが起きる。煙草が吸いたいな。ふとぼくは思う。だが、マンホールの中は、火気は厳禁だ。ぼくは、マンホールのステップに引っ掛けてある臨時灯で手あぶりをする。いまは、十月に入ったばかり。そうだ、今月ぼくは、十八になる。

幹と梢子がアパートに一緒に住んでいた頃、十八になるのがすごく待遠しかった。冗談めかしてはいたけれど、その年になれば、親の承諾さえ取り付ければ、結婚することができる、そのことをぼくは本気で考えていた。

だが、十八を目前にして、ぼくはいま、いちばん最低の状態にいる自分を感じている。そんな状態に落ち込んでしまったのは、あの夜以来、一と月以上も幹から何の連絡もないからだ。

もちろん、ぼくはほうぼう手を尽くして探しまわった。いくつかの心当たりがある病院に、片っ端から電話をかけた。本当は、電話帳に載っている病院全部に問い合せたいぐらいだったが、人口六十万のこの東北一の街では、とてもそんなことは無理だった。いちばん可能性があると思われる市立病院や国立病院など大きな救急病院には、足も運んだ。

幹が働いていたパン工場にも電話した。人事課の男が、「無断欠勤されて困っている」と怒った声で答えた。

それから、何度も、幹の家に電話をかけた。だが、いつも出るのは、おふくろさんだった。ぼくは無言で、電話を置いた。そして、仕事がおわってから、一人でアパートの部屋にいるのがいたたまれずに、幹の家が見える場所に行って、夜を明かしたことも。そんなとき、ぼくは、少し酔っていることが多かった。

思い切って、大山の家も訪ねた。彼の家を訪ねるのは、中学のとき以来だった。それを思い立ったのは、この仕事をしているときに、暴走族のバイク音を耳にしたからだ。だが、大山は、おれ〈ルート4〉は抜けたよ、と言った。

彼は、家で貸しているアパートの一部屋を自分の部屋にしていた。彼の家はこの一帯の大地主だった。だが、両親は幼稚園の時に離婚して二人とも家を出てしまい、彼は祖父と祖母に育てられたのだった。

大山は、受験勉強を始めていた。

「どうせ、金出してもらって、私立の推薦を受けるんだ鮮、そういうのって軽蔑するだろう？　と言われて、いいや、とぼくは強くかぶりを振った。

「中学のとき、よくここで試験勉強したな」

とぼくが言った。

「ああ、それから、これこれ」

と大山が、壁の染みを指差した。「覚えてるか？」

「もちろん。これだろう」

ぼくは自分の首を絞めあげる仕草をした。中二の夏休み、ぼくたちは、この部屋で、ニワトリの骨格標本を共同製作したのだ。理科の自由研究の宿題だった。二人がかりでニワトリの首をひねるのに格闘した。ナイフも取り出した。なんとか骨格を傷つけずに、殺すことに成功したとき、部屋中もぼくたちも血だらけになっていた。二学期の始業式の日、ぼくたちが教壇の上にそれを置いていたずらすると、担任の女教師は、泣き出してしまった。

そして、その夏休み、初めての家出を決行したぼくは、彼の所にも一晩やっかいになった。

「小学校に入ったばかりの頃、おれ一度だけ、一人で、おふくろが帰ってしまった実家を訪ねていったことがあるんだ。広い田んぼの畔道の分かれ道におれとおふくろが立っていてさ、その一方の先に遠くに見えているのがおふくろの実家だった。そこで、おれは、ここから先には来ちゃいけないって、おふくろに言い聞かせられていた。泣きながら、そこからどうやって帰ったのかも覚えていないんだけどさ、その光景ばっかりいまでもなぜか忘れられないんだよな」

一緒に、初めて深夜TVの11PMを観てから、枕を並べてついた寝床で、ぼくの悩みを聞いていた大山が、ぽつり、ぽつり話した。それは、おまえとおふくろとのあいだの悩みなんか、おれにとっちゃまだ恵まれてると思えるぜ、と言っているように、ぼくには聞こえた。

そんなことを思い出しながら、ぼくは大山に、正直に幹と一緒に暮らしていたことを打ち明け、いなくなってしまった事情を話すことができた。それから、身を寄せていることが考えられる〈ルート4〉のメンバーはいないか？　と訊いた。

そこまで親しかった奴はちょっと思い浮かばないな、と大山はこたえた。そうして、

「何かい、やっぱり、おまえの子供だったのか？」

と、深刻めいた顔つきになって訊いてきた。

「いいや、おまえと同じさ。おれも一緒に寝たけれど、セックスはやれなかった口さ」

とぼくは少し笑いながら言った。

「そうか。それを聞いて、おれも少し安心したよ」

と大山も笑い返した。

「受験頑張れよ、受かったら連絡してくれよな、祝杯をあげようぜ。それから、くれぐれも幹のことも頼むな」

別れぎわにぼくが言った。

「ああ、それとなくルート4の連中も探ってみて、なんかわかったらすぐに連絡する」

大山が答えた。

「そろそろ二回目いくぞ！」

加瀬さんの声がかかる。

はいっ、とこたえて、ぼくは再びホースを握り締める。

二回目の今度は、途中からかすかに、トントンと配管を伝わって響いてくる〈ネズミ〉の足音が聞こえだす。それが次第に、ドンドンドン、と高まって聞こえてくる。

ぼくは、少しずつ、癒され、恢復していく。ホースを握り締め、その音に耳を澄ませながら、ぼくは感じる。

「ネズミ三十五メートル前進だってよ。次でラストだな」

ふたたびシューッという音とともに手応えが失われ、加瀬さんが言う。

幹がいなくなってから、ぼくは仕事でも失敗続きだ。

まず、街灯のケーブルを埋める穴を掘っていて、高圧ケーブルを傷つけてしまった。それは、決められている深さよりもずっと浅い三十センチぐらいのところに埋められていたとはいえ、完全にぼくの注意不足によるミスだった。

ガラが多かったので、ツルハシを使っていたぼくは、途中で、何かに食い込んだのを感じた。気をつけるように言われていた塩化ビニールの水道管にしては、水が吹き出してこないし、なんだろう？　と思いながら、ぼくは沢田さんを呼んだ。

「馬鹿野郎、離れてろ！」

やってきた沢田さんが叫んだ。「そいつは高圧ケーブルだ」

そしてすぐに、ズドンという音と火花とともに、ツルハシは十メートル程の高さまで弾き飛ばされた。

なんたって6600Vだもんな、ふつう、停電事故が起きたときは、およそ一分後に再送電されるんだ、という沢田さんの言葉を後になってぼくは身震いしながら聞いた。もし、そのときまで、手を放さないでいたら、このぼくは……。

それから、コンクリートの壁に門灯を取り付ける穴をドリルで開けているときに、中の配管を傷つけてしまったこともあった。

街灯の鋼管ポールに、ハシゴを掛けて昇りはじめたとたん、ゆっくりと折れるように倒れてしまったことがあった。たぶん、前に車でもぶつかってヒビが入っていたんだろうけれど、前のめりに空に放り出されながら、ぼくは一瞬夢の中にいるような心地になったものだった。事故ってやつは、おそらく、いつだってこんなふうにして起きるに違いない。本当にこの世では何でも起こり得るんだということを、ぼくは身を以て味わわされた。

それらの出来事は、油断をしている自分に対する隠れた街からの不意打ちのように、ぼくには感じられた。ひどい疑心暗鬼にかられ、いいようのない恐怖に腕がこわばっていうことをきかない状態におちいってしまった。ぼくは、また少し、吃るようになってしまっていた。

それから、いきなり、なにものかに心臓を鷲づかみにされたような衝撃を覚えた初めての感電。充電部を握ってしまった右手と、アースの効いたボックスの縁に触れていた左手にかけて、一本の電線と化したぼくの身体を、まったく異質のものが荒々しく通り抜けていった。そのときほど、心臓のありかをはっきりと感じさせられたことはなかった。

それは、オフィスビルのトイレのスイッチを取り替えていたときの出来事だった。もう何度かやっていたので、ブレーカーも降ろさずに作業していてあった事故だ。おまけに、トイレの中に人がいるかどうか確認もせずに作業したので、しばらく暗闇に閉じこめられてしまったらしい若い女子社員に、ひどく怒った顔つきで睨み付けられてしまう始末だった。

「じゃあ、ラストいくぞ！」

と加瀬さんが声をかける。

三回目の吸い込みがはじまるとまもなく、泥水が飛沫となって配管の入り口とウエースを巻いたホースの口とのわずかな隙間からピューッと漏れ、吹き出して来る。ドドッと最後の泥水のひと浴び。そして、ホースの先に、コツンと手応えを感じる。

「ネズミ到着のもよう！」

ぼくは、加瀬さんに向かって大声で叫ぶ。加瀬さんが、吸い込みを停止してから、ホースを外す。配管の中を走って泥と、鉄サビで汚れ果てた姿で到着した〈ネズミ〉をぼくは確認する。

「はい、ネズミ到着！」

「ネズミ到着！」

トランシーバーにむかっておうむ返しに加瀬さんが叫ぶ。

「ラジャー」

沢田さんが答える声。

ぼくは、スチールワイヤーの先にフックでとめられている〈ネズミ〉を取り出し、新しいものと取り替える。

「ネズミ装着しました」

と声をかけ、ひと息つきながら、顔に振りかかった泥水をぼくはタオルで拭う。汚泥のメタンガスの臭いが強く鼻につく。

まったく、いまの最低の状態にふさわしいざまだ、とぼくは思う。

まもなく、新しい〈ネズミ〉が沢田さんに巻きとられ、スルスルと配管の中を戻って行く……。

和服姿の女の人と、国分町《こくぶんちょう》のネオン街ですれ違ったぼくは、ふと足を止めて、振り返る。

（いまのは、礼子おばさんじゃないだろうか？）

その人は、ぼくが小さいときに、よく預けられた近所のおばさんだった。礼子おばさんは子供がいなかったせいか、ぼくはよく可愛がられた。彼女の膝枕で、耳掃除をしてもらうのがぼくは好きだった。そんなとき、いつも、おばさんの膝には、スカートがめくれあがって、スリップのレースの裾がのぞいていた。幼いぼくが、自分のおかあさんはちがう人なんだ、と嘘を付くときに思い描くのは、いつもその人だった。

ぼくが、小学校の高学年になった頃、だんなさんの勤め先の工場が倒産してしまい、礼子おばさんの家は、どこかに引っ越して行ってしまった。だんなさんは少し酒癖が悪く、酔って帰ると、玄関先から大声で、「礼子出てこい！」とやるので、近所でも物笑いになっていた。

そして、ぼくがＩ高に合格したとき、礼子おばさんからお祝いが届いた。「新聞の合格発表で鮮さんの名前を見て、自分の子供のことのように嬉しく思いました。Ｉ高に合格するなんてすごいですね。どうぞ、参考書を買うのにでも役立てて下さい。ご将来を楽しみにしています」という簡単な手紙と一緒に、高額の図書券が同封されていた。住所は書かれておらず、知っている名字とは違う姓が書いてあった。

礼子おばさんに似た和服姿の女の人は、この通りにいくつも立ち並んでいる、バーやスナックが何店も入っているビルの一つに入って行ったらしく、ぼくはすぐにその姿を見失ってしまう。

ぼくは、礼子おばさんにだけは、高校を辞めてしまったいまの自分が、少し後ろめたいような気になる。

気を取り直して歩きだしたぼくは、立て看板の周りの赤と黄色の電球が点滅を繰り返している——そうした店ばかりが数軒立ち並んでいるのが見える小路の入り口にさしかかる。少し覚悟を決めて、その小路に入りこむ。

「お兄さん、お兄さんにぴったしの若い子いるよ」

目ざとく寄って来た客引きを振り切って、沢田さんに教えられた店を探す。「花嫁大学」は、すぐに見つかる。「六角大学」に限らず、ほんとうにこの街の人は、何にでも「大学」を付けるのが好きだ。「パチンコ大学」なんていうのもあって、そのパチンコ屋では、BGMの代わりに夕刊のニュースを店内放送で読み上げたりする。それから、「大学イモ」も、地元の国立大学の前で売り出したのが元祖だと、この街の人たちは固く信じている。

「只今のセット料金¥12000」

金額のところだけ、差し替えのきくアクリルプレートになっている看板の前で足を止めると、すかさず、蝶ネクタイ姿の客引きが近付いて来て、好い子いますよ、と耳元で囁く。

「みどりさん出てますか?」

沢田さんに言われたとおりに、ぼくは告げる。

「あ、大将、毎度」

男は、愛想笑いを浮かべる。「はいはい、ご案内できますよ。さあさあ、どうぞ」

男は、ぼくの肩を押すようにして、建物の中に連れ込む。男が先になって、赤い絨毯敷きの階段を下りる。地下一階が店になっているようだ。

男は、店の中に入り、吊してあるどらのようなものを鳴らすと、

「お客様、一名様ご案内!」

店内にかかっているBGMに負けじとマイクの声を張り上げる。

すぐに、若いボーイがあらわれて、

「ご指名は？」

と訊く。

「みどりさん」

とぼくが答えると、

「ではセット料金が12000円、指名料が2000円で合わせて14000円、前金でいただきます」

ボーイは慇懃な口調で言う。

ぼくは、沢田さんにもらってきた金を出して払う。ボーイは、ぼくを薄暗い店の奥のボックス席に案内する。

「お飲み物は？」

ビール、とぼくは答える。

ボーイが立ち去ってから、ぼくは何気なく辺りを見回してみる。ボックスのあちこちに、並んだ男と女の頭だけが見えている。キスをしているのか、重なり合っている頭もある。やかましい音楽に打ち消されて、人の声は聞こえない。

店内は、場末のポルノ映画館のような臭いが立ち籠めている。そうした映画館に、ぼくは、沢田さんと一緒に何度か入っている。沢田さんとぼくは、作業着に腰道具を下げた格好で修理に訪れたことを装って、もぎりの前を通り抜ける。ジャイアンツとカージナルス戦が、この街の球場で行なわれたときも、この手で観戦したんだ、と沢田さんは得意げに言う。そんなときの沢田さんは、少し、「あんちゃん」の顔を覗かせる。

「ご指名ありがとうございます」

ピンクのミニドレス姿のみどりさんらしい女の人がやってきて、ぼくの隣に身体をくっつけるように坐る。

ボーイがビールとコップを二つ持ってくる。みどりさんがぼくのコップになみなみと、自分のコップには三分の一ほどだけ注いで、乾杯、と軽くグラスを合わせる。

「前に指名してくれたことありました?」

息がかかる距離から覗き込まれて、ぼくは、少しどぎまぎしてしまう。唇だけがやけに真っ赤に塗ってあるけれど、こういう仕事をしている女の人のタイプとして想像していたのよりも、物静かで、ずっとフツーの感じがする。顔立ちも整っている。

「いいや」

とぼくは答える。「実は、沢田さんに言付けを頼まれてきたんだ」

ぼくは、ジャンパーのポケットから、沢田さんに預かってきた封筒を取り出して、みどりさんに渡す。

そう、どうもありがとう、とみどりさんは封筒を受け取る。沢田さんの名前を出したときから、急に、思いつめたような、悲しそうな顔付きになっている。

「沢田さん、ほかに何か言ってませんでしたか？」

「いいや、これを渡してもらえば、それでいいって」

そう、とみどりさんは、つぶやくようにいうと、うつむいて唇をすぼめたり嚙んだりを繰り返して、何か考えている様子になる。長いまつげが、まぶたをおおっている。

「ちょっと失礼します」

と言って、みどりさんが席を立つ。いまにも、泣き出しそうな顔になっている。

一人ボックス席に取り残されたぼくは、少しばかり、沢田さんが恨めしくなる。奥さんも子供もいるのに、こんな店に通いつめて、おまけに店の女の子を泣かすようなことをしている。このボックス席に坐って、にやけた顔をしている沢田さんなんか想像したくもない。

ぼくは、沢田さんにもらった育児書を何げなくめくっていて、先天性の心臓病のところにいくつも赤線が引いてあったのに気付いている。初めての仕事の日、隣の部屋から出てこなかった奥さんのことにも思いが及ぶ。だから、沢田さんにも、それなりの家庭の事情ってものがあるんだろうけれど、いまのぼくは、それを理解することはできないし、まだ解りたくない気がする。何となく、沢田さんにも大人のずるさをみたような思いを、いまぼくは初めて抱いている。

「ダメじゃないのよ！　女の子泣かしちゃ」

みどりさんよりも少し年上の女の人が、すごい剣幕でやってきて、ぼくの隣に坐る。みどりさんよりもずっとこの仕事の空気に慣れている感じの人だ。「あんた、みどりちゃんにいったい何したのよ！」

ぼくは、気圧されながらも事情を話す。

「そう、それじゃああんたに怒ったってしょうがないわね」

彼女は、納得してくれたようだ。「じゃあ、残りの時間、みどりちゃんの代わりにあたしが付いてあげる。これでも、あたしはこの店のナンバーワンだから忙しいのよ。特別付いてあげるんだから、感謝なさい」

そう言うと、彼女はボーイにビールの追加を頼み、カンパーイ、と明るい声をあげる。

「どうぞよろしくね。わたしの名前はようこ。太平洋の洋に子供の子、単純だから覚えやすいでしょ。馴染みのお客さんたら、あたしにぴったしだっていうのよ、ガバガバだからって。ほんと失礼しちゃうわよねえ」

ぼくは、挨拶に困り、曖昧な笑いを浮かべる。

「あんた、いくつ？」

ぼくの手を握って、洋子さんが訊く。

「二十歳」

とぼくは、少しさばをよんで言う。

「学生さんじゃないわね」

うん、とぼくはうなずき、わかるんですか？ と訊ねる。

「そりゃあね、手をさわってみれば、それくらいのことはだいたい見当が付くものよ。それでね、学生さんのときは、言ってやるの、親のすねかじっているうちはこんなところにくるんじゃないって。あたしね、若い人で、働いてる人が来ると嬉しくなっちゃって、頑張んなっていっぱいサービスしてあげるんだから」

そう言いながら、ずっとぼくの手を撫でていた洋子さんが、なにか見付けたような声を上げる。

「これ、コーキングってやつでしょ。一緒に住んでるうちの弟も作業着によくこれくっ付けて帰ってくるんだけどさ、いくら洗っても落ちないからイヤになっちゃうのよね。そういやあんた、あたしの弟にちょっと似てるな。弟はね、防水工事っていうの？ それやってるの。知ってる？」

ああ、とぼくはうなずく。「現場でときどき一緒になるよ、こっちは電気工だから」

あ、そうなんだ、と洋子さんが言い、「あんた可愛い」と、いきなりブチュッとキスをしてくる。舌が入ってきて、動く。女の人とキスをするのは二人目だ、とぼくは思う。やっぱり洋子さんの唇も幹と同じように濡れている。何気なく、洋子さんの手が、ぼくのジーンズの股間に置かれる。「今度こういう店にくるときは、こんなごわごわしていないズボンをはいていらっしゃい」唇を離しても、なおぼくの股間を撫でながら、誘うように洋子さんが囁く。

洋子さんが、ぼくの手を自分の胸に持っていく。乳房は、幹にくらべて、ずっと大きくて柔らかい。

いったいぼくは何をしてるんだろう、と思う。

「用件がすんだらさ、飲み直しして、サービスしてもらってくればいいよ。もっとも飲み直しだけは自分持ちだぜ」

と沢田さんには言われたけれど、そんなつもりはない。

(もしかしたら幹もこんな店で働いているのかもしれない……)

薄暗い店内でうごめいている人の気配を感じながら、ぼくは、そんな思いにとらわれる。

洋子さんがぼくの手をミニスカートのなかにみちびき、「飲み直ししてくれる?」と訊く。

「それより、聞きたいんだけどさ」

手を引っ込めて、ぼくが言う。洋子さんは、なに？　と少し白けたような声でこたえる。

この辺の店で、十七で子供を預けて働いているような子は知らないかな、とぼくは訊ねる。

そう言われてもねえ、年なんかいくらでもごまかせるしねえ、と洋子さんが答える。

「彼女を探してんの？」

ぼくはうなずく。「もしもこの仕事やってたとしたら、あきらめたほうがいいと思うけど」

溜め息をつきながら、洋子さんが言う。そのとき、店内に流れていたBGMが、静かなムード音楽に変わる。

「チークタイムよ、せっかくきたんだから、楽しまなくっちゃ、さあ一緒に踊ろう！」

と、立ち上がった洋子さんが、ぼくの手を強く引く……。

十八歳の誕生日の夜、ぼくはアパートの部屋に、一人でいる。

缶ビールを買ってきて、窓際の壁にもたれかかって坐り、飲んでいる。

やっぱり、この日を一人で迎えることになってしまったな。三畳の狭い部屋を見回しながら、ぼくは、幹と梢子が戻ってくるのをいまでもずっと待ち続けている、そんな自分の心が露わになっているのを感じている。

沢田さんにもらった洗濯機と白黒TV、安物の緑色の小さなテーブル、カラーボックス、襖戸を取り外した押入の下の段に押入ダンス、そして上段には、梢子の布団がそのままになっている。

ぼくはふと立ちあがって、押入に向かい、布団のにおいを嗅いでみる。まだ、梢子の乳臭いにおいが残っている。

それから、ぼくは、窓辺へ立つ。窓は、見るからに立て付けが悪そうな木の枠組みに、素通しのガラスと曇りガラスが上下にはまっている。隙間から忍び入ってくる冷たく湿った夜気が、ぼくの頬に触れる。

目の高さの素通しガラスが鏡となって、裸電球の黄色い光を背にした自分の姿が映っている。仕事を始めてから、ぼくはたしかに筋肉が付いた。地中や壁の中、天井裏のもうひとつの世界があることを知りもした。明るい光の下でも生き生きと呼吸ができるようになった。ぼくは、確かに変わった。変わることができた。

でも、依然として、何も変わっていないものがあることに、ぼくは気付いている。

あのおふくろの鏡台の前に立っていた、幼い自分をぼくは思い出してしまう。

少年の暴行にあって以来、おふくろに見咎められてからも、ぼくは、母の寝巻の帯で首を絞めてみたり、舌を嚙み切ろうとしたり、きんたまを握り潰そうとしたり、といった自殺の衝動に苦しめられていた。あと一歩、腕に力を込めれば、ぼくはぼくでなくなる、そう思うと、びっしょりと汗を掻いた。あのとき、おにいさんが、なぜそうしなかったのか、ぼくがなぜ生きていまここにいるのか、鏡に映っている自分の姿をみつめながら、ぼくにはわからなかった。

鏡台の裏に、ぼくは、「あきらの墓」と、彫刻刀で刻んだ。

そして、ぼくは、眠れない夜、寝床でもそうした衝動に駆られるようになっていた。その半面、死ぬのがとても恐かった。明日の朝、目覚めることがなかったらどうしよう、いや目覚めたとしても、いまの自分と違った自分になっていたらどうしよう。他人を見るように自分を見ることができる目が欲しい、と切に思った。そうすれば、眠っている自分を観察していることができるのに。そうやってもがいている一夜、ぼくは偶然オナニーを知った。小学校にあがったばかりのことだ。

小学校の三年生の頃になると、ぼくは、学校がひけると、例の鏡台の前に立ち、七つ違いの姉の衣類を身につける遊びに耽るようになっていた。ときには、おふくろの下着も持ち出した。鏡に映った女の姿の自分を、男の自分がやさしく可愛がっていることを想像していると、いやなことを忘れて、頭の芯が快く痺れるような気持ちになった。オナニーの意味もまだ知らないままに、ぼくは、自分で自分を殺すことはできない、というい われない敗北感のような、悲しみの感情にとらえられながら、まだ濁りのない、透明な精液を漏らし続けていた。それだけが、自分が生きている証だというように……。

あろうことか、その恥ずかしい姿を、ぼくはおふくろにふたたび目撃されてしまった。今度は決定的だった。おふくろは気違いを見るような目でぼくを見、そんな子を生んだ覚えはない、と泣きわめいた。

その日から、ぼくとおふくろは他人になった。ぼくは、新聞配達をはじめるようになった。どうせ、人から望まれない恥ずかしい生存なら、自分だけの力でどこまで生きられるか試してやれ、そんな気持ちだった。

たとえ親であっても、人に何も求めないことが、幼いながらもぼくの生き方になった。友達が持っている怪獣もウルトラマンも、ぼくには無縁の物だった。変速機の付いたスポーツタイプの自転車が流行ったときも、ぼくは、新聞専売所から貸してもらっている実用車に平然と乗っていた。高校に入ってからは、授業料も新聞配達の給料から払った。そうして、大学はおろか、高校さえも自分には無縁だと蹴った……。

そんな自分が、初めて求めようとしたのが、幹だった、といまぼくは、はっきりとわかる。

初めて、幹を知ったのは、中学二年生の夏休み明けだ。ぼくは、教室の窓際の一番後ろの席から、ぼんやり校庭を眺めていた。同じ学年の違うクラスの女生徒が、体育の授業で持久走をしていた。先頭の子が、二位を半周も離して走っていた。ブルマーと白い体操着から伸びた細い手足は、まさに子鹿のようだった。ゴールした彼女は、そのまま、小走りで、ぼくの目の前の水飲み場までやってきた。

薄ピンク色に上気した卵形の顔。蛇口に近付けたすぼめた唇。少し、茶色がかった長い髪。そして、水を飲み終わった彼女が、顔をあげ、ぼくと目が合った。そのとたん、彼女はいたずらっぽく頬笑んだ。授業中によそ見なんかしてていいの、とでも言うように。その瞬間、ぼくはいっぺんに彼女が好きになってしまった。

それから、一と月ばかり後になって、文化祭があった。ぼくは、フォークダンスのパートナーに、思い切って、校庭の隅っこに立っていた彼女を誘った。快く、彼女はOKしてくれた。彼女の手は小さく、少し冷たかった。パートナーがずれて変わっていく曲に変わると、ぼくは、レコードが終わる度に、彼女を探した。彼女もキョロキョロしていた。ぼくたちは、目が合うと、輪を離れておたがいに頬笑みながら歩み寄り、手を差しのべた。外野の冷やかしも気にならなかった。そんなふうにして、ぼくたちは、おたがいを求め合うようにつきあいはじめた……。

背中に手が置かれている。トントンとやさしく叩いている気配で、ぼくは目を覚ます。驚いて振り返ると、幹がいる。咄嗟に、今まで見ていた夢の続きのように、ぼくは感じる。

「鍵が開いてたから、入ってきちゃった」

と幹が言う。「そんな格好でうたた寝したら風邪引いちゃうぞ」

ぼくは、何も言えず、坐ったまま、幹を抱き締める。こらえ切れずに、涙がこぼれる。ずっと待ってたんだ、という言葉が声にならない。その代わりに、腕に力を込める。

「ごめんね、ごめんね」

鼻を啜りながら幹が言う。

いいんだ、いいんだ、とぼくは身体を揺らす。

「今日泊まっていってもいい？」

と幹が訊く。

「なにいってんだよ、自分の部屋じゃないか」

とぼくがこたえる。そうだね、と幹は泣き笑いの顔になる。

「梢子は？」

とぼくが言いかけて押入を見ると、赤ん坊の眠っている姿がある。それを見ていると、何だか、ずっとこうしていたような気さえする。

「もう寝返りができるのよ。だから、起きたら落っこちちゃうからちゃんと見てなきゃだめ」

「ずいぶん大きくなった気がする」

といいながら、ぼくは頬をそっと突っついてみる。梢子は、一瞬寝息をふるわせ、またスヤスヤと眠る。

「おかげさまで籍にも入ったの。何たって鮮、名付け親だもんね」

と幹に言われて、ぼくは少し照れる。

「梢子の病気、どうだった?」

とぼくが訊く。

それはゆっくり話すから、その前にこれ、と幹が紙袋をぼくに差し出す。「鮮、十八歳の誕生日おめでとう」

思いがけないプレゼントに、ぼくは驚く。

さっそく開けてみると、手編みの茶色のセーターと、お揃いの帽子が入っている。

「これから寒くなるから、作業着の中にでも着て」

「もったいなくて、そんなことできるかよ」

おれ、誕生日を祝ってもらうの生まれて初めてだよ、と言って、ぼくは幹にキスをする。それから、ふと目を落として、幹の指に、オニキスの指輪がはまっているのを見て、ほっとする。

「ね、布団敷いて、寝ながら話ししようよ」

「ああ、そうだな」

ぼくたちは、一つしかない布団を敷く。それだけで、部屋は一杯になってしまう。わずかなスペースに梢子も押入からおろして寝かせる。

「梢子ね、危なく死ぬところだったの」

ぼくの腕枕で、天井を見上げている幹がぽつりぽつり話しはじめる。「細気管支炎っていう病気でね、重かったの。最初、この近所のお医者さんにいったんだけど、すぐに救急車を呼ばれて、国立病院に行ったの。運ばれるとすぐに、酸素テントのなかに入れられて、点滴の針をいくつも刺されて、見てるのがとてもつらかった。それから誤飲っていってミルクが肺に入ってしまったことがあってね。お医者さんや看護婦さんたちが慌ててバタバタ走り出すし、もう死んじゃうんじゃないかって、恐かった……」

「行ったんだぜ、おれ、国立病院にも探しに。でも教えてくれなかったんだな」

「そう、本当に心配かけちゃってごめんね」

いいや、とぼくはかぶりを振る。それで、いまはすっかりいいのか？　とぼくは訊ねる。

うん、と幹はうなずく。

「いままでずっと入院してたの？」

「ううん。三週間入院して、いまは、母子寮みたいなところにいるの」

と幹がこたえる。「病院で、梢子が籍に入っていないこととかばれちゃったでしょう。だから仕方なかったの」

「どこにあるの？　それ」

「うん……」

と幹は少し言い淀む。「でも、もうそこを出て、家に帰ることになったの。おかあさん、やっと、梢子を育てること認めてくれたし、それに、子育てのこととかやっぱり教えてもらわなくちゃって、しっかりと今度のことで思い知らされたから」

それよりも、鮮はどうしてた？　と訊かれて、ぼくは、失敗続きの仕事のことを話す。〈ネズミ〉が走るマンホールの掃除のことは面白そうに聞いていた幹も、街灯の柱が折れたことや感電したことを話すと、恐い、としがみついてくる。

「鮮、電気消して」

しばらくぼくの胸に顔をうずめていた、幹が言う。

うん、とぼくは立ち上がる。窓に映った自分の顔を見ながら、裸電球のスイッチをひねる。顔が消える。

幹は、ジーンズとシャツを脱ぎ、ブラジャーとパンティーだけの姿になって、布団の中に入る。

ぼくも、作業着を脱ぎ、パンツひとつになってその横に潜り込む。

ぼくたちは、抱き合ったまま、じっとしている。ぼくは、幹の髪のにおいを嗅ぐ。

「……鮮」

「なに?」

「女の人に興味がないの?」

と幹が訊く。

いいや、とぼくが首を振る。

「それじゃあ、わたしが、ちがう男の人とセックスしたから、汚れてるって思ってるの?」

「そんなこと思ってないよ」

「わたしのこと、いまでも好き?」

「ああ、もちろん」

「だったら、ちゃんと抱いてよ」

鮮は、わたしにやさしくして与えるばっかりで、何にも求めようとしないじゃない、そんなの卑怯よ! ずっとずっと、鮮が抱いてくれるの待ってたんだから。そう言って、幹がきつくしがみついてくる。

ぼくは、幹に覆いかぶさり、キスをする。幹が、首に手をまきつける。もう後には、ひけない、と思う。幹の吐息が熱く、乳臭いにおいがする。

ぼくは、ブラジャーを外そうとする。途中から幹が手伝う。乳房を手で握る。乳がとまり、固く、小さなふくらみに戻っている。顔を寄せて、キスをする。乳首に歯をあてて、噛む。幹は、小さな声を上げる。

ぼくは、不安が、兆しはじめているのをたしかに感じている。吐気が起きる。去年の夏の広瀬川の土堤での出来事がよみがえる。だが、あのときの自分とはもう違うはずだ、と強く言いきかせる。おれは幹、おまえが欲しい、必要なんだ、と繰り返し思いながら、ぼくは自分の中から、荒々しいものが湧き出てくるのを、じっと待ち続ける。何度もぼくは萎えそうになる。勇気付けるように、幹がぼくのペニスを撫ぜる。

梢子が泣きだす声が起こる。そっちのほうに身体を向けかけた幹を、ぼくは、固く押しとどめる。自分の方に顔を戻して、強くキスをする。ぼくの中で、何かの予感が走る。

梢子の泣き声が高まっていく。それを聞きながら、ぼくはハッと思う。ぼくは、おまえの父親だ、と。そしておまえの母親を犯している。

いつのまにか、梢子は、ズンズンとずっと、窓際の壁に頭をうちつけている。赤ん坊の梢子は、かつての自分だ。自分が自分を見ている。そう感じたそのとき、ぼくは、鏡が割れる音をはっきりと聞く。ずっとぼくの痴態を映し出していた鏡が、いま毀れた。

ぼくは、幹のパンティーに手をかける。同じように、幹がぼくのパンツを脱がす。ぼくは、あらあらしく幹のなかに入る。幹が、目を閉じ、声をあげる。ぼくの背中に手を回し、しがみついてくる。このまま首に手をかけ、殺してしまいたいほど、愛しい、欲しい、と思い、ぼくは激しく尻をふりたてる。

あの少年も、こうやってぼくを愛し、犯したのか?

こうやって、人は狂い、死ぬのか、と十八になったばかりのぼくは叫びたい——。

幹が、洋服を着ている気配で、ぼくは目を覚ます。

「ごめんね、起こしてしまった?」

幹が言う。夜中にぼくは、何度も目を覚ました。そのたびに、隣に寝ている幹を抱き寄せた。幹もいつも目覚めていた。中学のときはあんなに痩せっぽちだったのに、といいながら、幹が、ぼくの腕や胸を撫ぜた。

「どこか行くのか」

「もうそろそろ行かないと。あんまり人と会わないうちに家に帰りたいから」

そうか、といいながら、ぼくも起き上がり、洋服に着替える。梢子はまだ眠っている。

「通りまで出てタクシー拾おうか?」

うん、と幹がうなずく。

「ねえ、ちょっと、河原に寄ってみない？」

外に出ると、幹が言う。

ああいいな、とぼくがこたえる。

五分ほど歩いて広瀬川の河原に着く。朝露で濡れている草の斜面を下りる。草いきれがにおう。去年の夏、この川の下流のこんな場所で、何度も夜を過ごしたのが、ずいぶん昔のことのような気がする。中学校の校庭の水飲み場で出会って、何度もデートして、産院を訪れて、一緒に暮らしはじめて、ひたすら帰りを待って――それらがすべて今日の朝を迎えるためのものだったような気が、いまぼくはしている。満ち足りているけれど、何だかむしょうに淋しいような気さえするのはなぜだろう。

川べりには、何艘《そう》かのボートがロープでもやってある。そのうちの一艘に、ぼくたちは、向かい合って腰を下ろす。目が合うと、照れ臭い笑みがこぼれる。

「何だか、それカンガルーみたいだな」

梢子を前に抱っこ紐でくくり付けている幹を見て、ぼくが言う。

「あ、そういえばそうね」

と幹が頬笑む。「歩いているとね、妊娠しているときみたいな感じがするの」

河川敷の芝生では、大学生ぐらいのカップルが、テニスをしている。ああ、懐かしいな。それを見て、幹がつぶやく。「あれから、わたし、全然ラケット握ってないんだもんな。やめたばっかりのときは、もう二度と握らないって思ったんだけど、あの感触がとっても懐かしい」

そのうち、男のほうが飲み物でも買いにいったのだろう、土堤を昇ってどこかにいってしまうと、取り残された女の子の方は、橋桁《はしげた》を相手に、壁打ちをはじめる。すぐにそれも飽きてしまったのか、止めてしまった彼女を見て、

「わたし、ちょっとやらせてもらってくる」

幹は、紐を外して、ぼくに梢子を預けると、そっちへ向かって行く。

彼女と二言三言話を交わしてから、ラケットを手にした幹は、遠目にも晴れがましそうに見える。

壁打ちをはじめた幹は、しかし、やっていたのが軟式なので硬式のボールは少し勝手が違うようだ。打ち損なうたびに幹は、アレッとかワーッとか声を上げる。それでも少し続けているうちに、さすがに格好がついてくる。

その幹が思い切って打ったボールが、コンクリートの継目にでも当たったんだろう、大きく弾んで、ぼくのいる水際の方まで転がってくる。

キャーッ、待てェー、と叫びながら幹が追いかけてくる。ボールは、川に入る一歩手前で止まる。

幹はニヤニヤ見ていたぼくに、イーダ、とやって戻って行く。ぼくがただ見ていたことへの抗議なのか。でも、こっちは、梢子を抱いてるんだぜ、とぼくは心の中で言い返す。

どうもありがとう。とっても楽しかった。こっちまでよく聞こえる明るい声で言い、幹はラケットを渡す。

「じゃあ行こうか」

戻ってきた幹が、晴れ晴れした顔で言う。

「また来いよな、待ってるから」

「うん。絶対行く」

そう言い合って、軽く手を握り合い、ぼくたちは、堤防の右と左に分かれる。何だか、中学のときの早朝デートの別れみたいだ。表通りの橋のたもとに着くまで、幹は何度も振り返り、手を振る。その度にぼくも、大きく手を振って、こたえる……。

☆

ぼくはいま、I高の体育館の天井にのぼっている。

卒業式の季節を控えたので、市内の公立高校の体育館の照明設備を点検する工事がお役所から発注された。「宮城野電設株式会社」が入札でとったその工事を沢田さんとぼくが行なっている。

昨日、工事の前に、上野さんにつれられて、沢田さんとぼくは、I高の校長の所に挨拶に行った。授業中だったので、知ってる顔には誰にも合わずにすんだのは幸いだった。ぼくが、その校長室に入るのは、二年のときに煙草を吸って停学処分を受けたときに、呼び出されて以来だ。そのとき、彼は、若いうちから煙草を吸うことの害について、とうとうとまくし立て、ぼくはあくびを噛み殺しながらそれを聞いていた。

「いいかね、君たちのような優秀なものが、煙草を吸うことによって知力を低下させたとあっては、これは社会的な損失なんだよ」

校長は、最後にそうまで言ってのけたものだ。だが校長は、目の前のぼくが、そんなことがあった当人だとはまるで気付いていない様子だった。そしてぼくも、目の前の校長が、ただの年寄りにしか見えなくなっていた。その場で、作業は、クラブ活動も終わって、生徒たちの迷惑にならない、午後八時から行なうことを打ち合わせた。

今日現場に着くと、ワゴン車からいったん材料を下ろしてから、沢田さんはローリングタワーを借りに出掛けた。

「体育館の鍵を借りて、工事前の写真でも撮って待っててくれ」

という沢田さんの言葉に従って、ぼくは、宿直室の事務員に体育館の鍵を借りに行った。事務員は、ノートに、会社名と名前、それから鍵を借りる理由を書いていけと言った。ボールペンで記入した自分の字が、以前と随分ちがっているのにぼくは気付いた。何となく沢田さんの字に似てきている。腕に付いた筋肉がそうさせるのか、細いボールペンが、いやにまだるっこしく感じられる。すっかりペンとノートとはご無沙汰だ。いまでは、字を書くといったら、せいぜい、工事用のホワイトボードにマジックで工事件名を書くぐらいだ。ボールペンで自分の名前をちゃんと書くのさえ、少し怪しいような気にぼくはなっている。

（そうだ、あそこに行ってみよう）

工事前の写真もすぐに撮り終えたぼくは、不意に思い立った。体育館の隅の方に歩いて行き、扉を開けた。入り口のスイッチを点けた。相変わらず、汗臭いにおい。そこは、バスケット部のロッカールームだ。

一つの部屋を碁盤縞の枠組みを持った木棚で仕切ってある、隣のロッカールームにぼくは入って行った。目の前の壁にかかげてあるビート板が、まず目に入る。それは、この高校が舞台となった小説が映画化され、ロケーションが行なわれたさいに、主演女優にサインしてもらったもので部の宝だと、先輩から言い聞かせられていた。

水泳部のロッカールームの奥の扉を開けて、ぼくはプールに出た。それから、コンクリートのプールサイドを、真っすぐ、北側の隅へ向かった。そこには、屋根も、ぐるりもトタン板を張った、辛うじて雨露をしのぐだけの掘っ立て小屋があった。

その小屋の中には、レンガを築いてつくったかまどがあり、その上にドラム缶が据えられてあった。それは、一種の五右衛門風呂《ごえもんぶろ》だった。いまはシーズンオフなので、水が張られておらず、火傷をしないように足を乗せる木の底板が沈んでいた。

元々は、春先や梅雨どきの水泳の練習中に、冷たいプールの水に冷え切った身体に暖をとるため焚火をするだけの場所だった。それを風呂場に改造したのは、このぼくだった。そして、この二畳ほどのあばら小屋が、I高にいた頃のぼくの、唯一の居場所だった。

あの頃ぼくは、高校に着くと、真っすぐここに向かったものだった。そこでぼくは、商店街の店からもらってきたり、拾い集めてきたりした板切れを割って薪をつくった。かまどの掃除をした。水を汲み、風呂を焚いた。授業中に誰もいないプールで泳ぎ、風呂につかった。読書をした。煙草を吸った。天気の好い日は、プールサイドに寝そべって過ごし、青空を眺めて過ごした。思い出したように教室に行き、そして、いたたまれずに教室を脱出してきては、はげしく自分をよごした——かつてのそんな自分をも、ぼくは、頬笑みとともに思い出すことができた。

沢田さんが到着するとぼくたちは、レンタカーの一トントラックから、ローリングタワーの部品を積み降ろした。ローリングタワーは、一番下に車輪が着いている、可動式の足場だ。一段が2m50の高さ。それを四段組み上げた。

ローリングタワーの上に昇ると、さすがに高さを感じるし、結構揺れる。それでも、いつのまにかぼくは、これぐらいなら平気になっている。

沢田さんは、下で、照度計を片手に持って動き回っている。明かりが足りないところに、ぼくを乗せたままローリングタワーを動かし、ぼくがナトリウム球を取り替える。

点灯している球はすごく熱い。ぼくは分厚い手袋を持った手で、球を外す。真下の床が、そこだけ少し暗く影になる。新しい球を取り付ける。そこは、前よりもいっそう明るくなる。ぼくは何度もそれを繰り返す。

体育館内のスイッチは、前と後に分かれているので、後の方から作業をしているいまは、前の方は明かりが消えている。明るいこっち側から、薄暗い方に目をやると、かつての自分が、光の当たらないそっちの世界だけで呼吸していたような気にさせられる。そして、ぼくは、この仕事を通して、その世界に少しずつ光を当てはじめている。

天井の鉄骨に、バスケットボールが挟まっているのをぼくは見付ける。よそ見している沢田さんを驚かそうと、ほくそ笑みながら、バスケットボールを落とす。ドーン。大きな音が体育館内に響き渡り、案の定、沢田さんが、身体をビクつかせる。

コノォ、というようにこちらを見上げてから、沢田さんはボールを取りにいく。ドリブルして、ジャンプシュート。「ナイスシュート！」と声を上げたぼくに、沢田さんは親指を立てた握りこぶしを振り上げて、ガッツポーズを作る。

それを見て、ぼくは、中学の球技大会でよくコンビを組んで活躍した大山のことを思い浮かべる。一週間ばかり前に、大山からアパートに葉書が届いた。東京の私立大学の推薦に合格したという文面だった。

「合格おめでとう」

とぼくは、公衆電話から、さっそく大山に電話を入れた。

「なに、二流どころか、三流もいいとこの大学だからな」

大山は、照れ臭そうに言った。

「でも、とにかくよかったじゃないか」

「まあな」

と大山はこたえ、それから「そういや、そっちには幹のおふくろさん訪ねて行かなかったかい？」と訊いた。

「いいや」

「じゃあ、ルート4のメンバーの所を当たってるんだな、たぶん。おれのところには去年の暮れにきたんだ。それで、夏からずっと行方が知れなくて探し回っているって言ってた」

「………」

「おまえのことは、言わないでおいたから安心しろよ」

「本当に、夏から一度も帰ってきてないっていってたのか？」

「ああ。絶対にそういう口振りだった」

「……あれからさ、一度だけ、幹のやつ、おれの所に来たんだ」

とぼくは打ち明けた。「それで、おふくろさんの所に帰るっていって別れたんだ」

「それが、どこか違う所に帰ったってわけだ」

「どこに帰っちまったのかな？」

「そりゃあ、やっぱり、赤ん坊の本当の父親の所じゃないのか」

と大山が言った。

「よおし、今度は前の方にいくぞ！」

下から沢田さんが、叫ぶ。「しっかりつかまってろよ！」

ぼくは、アルミの渡り板を跨ぐようにして坐る。沢田さんが、せーの、と言って、ローリングタワーを押して走らせる。それはまるで巨大な騎馬戦の馬に乗ったような気分だ。

その愉快な気分に包まれながら、こうやって幹を待ち続けよう、とぼくは思う。たとえ大山の言うとおりだとしても、ぼくたちは、まだまだこれからじゃないか。こうやって現場を回っているうちに、ばったりってことだってあるかもしれない。そして幹の白くて細い左手の薬指には、オニキスの指輪が今でもはまっていることをぼくは信じている。ぼくは、多くのものは求めないけれど、いったん自分の手でつかんだものは決して放しやしない。放すもんか。

いま、かつての同級生たちのために、働いているぼくは、卒業式の風景を真下に見る。整列した級友たち。脇に並んだ教師たち。そして、壇上には校長。その誰もが、こんな所から投げかけられている視線があることを知らない。

ブラックが、級友たちの名前を読み上げる声が聞こえてくる。

「阿部茂樹。幾代通。石垣明宏。伊勢純久。宇津木滋。江刺豊。及川敏正。大石浩。太田穣。岡崎英之。小笠原敬一。小畑司。加藤俊憲。金子精司。亀田隆弘。北原裕之。栗山真一。黒田洋行。斎木鮮《さいきあきら》」

「――斎木鮮」

ブラックがもう一度呼ぶ。

ぼくはいま、列の中で名指されている自分から完全に解き放たれた自分を知る。

ぼくは十八。アイ・アム・ア・ルース・ボーイ。

『ア・ルース・ボーイ』解説

〝私小説を生きる〟作家の初期の名作

――中上健次と宮本輝が称賛した三島賞受賞作！

池上冬樹

　むかしと比べたら新人賞の数は多くなったし、紙媒体のみならずウェブ媒体も増えて、作家デビューのハードルは下がったけれど、でもやはり、大手出版社の文学賞でデビューするのは（応募者の数が増えたこともあって）とても難しい。でも、もっと難しいのは、作家生活を長く続けることである。とりわけ純文学をめぐる環境は厳しく、文芸誌に小説を発表できても、なかなか本にしてくれないし、次々に新人が出てきて、優れた作品を書き続けないと発表の舞台すら失ってしまう。そのためにエンターテインメントも視野にいれて、活動の幅を広げる純文学作家もいるけれど、成功するのはほんの一握りだ。

そういうなかにあって佐伯一麦は純文学にとどまり、秀作を世に送り出し、文学賞を次々に受賞してきた。具体的にあげるなら、一九八四年のデビュー作、妻の出産から始まる若い父親の過去を描く「木を接ぐ」(海燕新人文学賞)、三人の子供の父となった配電工の労働を描く『ショート・サーキット』(野間文芸新人賞)、高校中退の少年が子持ちの同級生と同棲する『ア・ルース・ボーイ』(三島由紀夫賞)、蔵王近くの町で草木染めの妻との静かな日々を描く『遠き山に日は落ちて』(木山捷平文学賞)、仙台市内を見下ろす高台に住む作家と友人たちを活写する『鉄塔家族』(大佛次郎賞)、草木染めの妻とノルウェーで過ごす作家の日常を捉える『ノルゲ Norge』(野間文芸賞)、そして認知症を患う父親の介護と東日本大震災を見据える『還れぬ家』(毎日芸術賞)である。

もちろん受賞には至らなくても、一つの夫婦が離婚へと至る過程をつぶさに辿る『木の一族』、少年時代の黄金の日々を散文詩風に綴る『少年詩篇』(新潮文庫改題『あんちゃん、おやすみ』)、交通事故の余波をめぐる『無事の日』、欠損感覚と震災の関係を象徴的に掘り下げる『光の闇』など、忘れがたい傑作がいくつもある。

佐伯一麦は「私小説を生きる作家」とよばれ、小説には佐伯一麦の人生が書いてある。でも、佐伯文学が豊かなのは私小説といっても、物語によっては三人称や多視点を用いたりと自由度が高く、一見すると私小説のように思えない拡がりと深みがあることだ。

それは『木の一族』を読めばわかる。佐伯自身の夫婦・家族の物語であるけれど、それ以上に、どうしようもなく隔たりもはや修復できない関係の物語にまで象徴化されていて、主人公の感じる苦しさと哀しみはそのまま読者一人一人のものになる。

僕が文庫解説を担当した『遠き山に日は落ちて』（集英社文庫）は、季節感に富む田舎暮らしの豊かさにひかれて、舞台となる宮城県川崎町を訪れる人が少なからずいるという話を聞くが、それはなんでもない日常を慈しむことの喜びにあふれていて、生活を潤す自然を自分の目で見たくなるからだろう。

佐伯一麦の小説では、初期のころから配電工や電気工としての仕事が描かれるが、とりわけ詳述されるのが『渡良瀬』だろう。読者に馴染みのない専門用語が次々とあふれんばかりに出てくるけれど、それでも魅せられるのは、仕事の一部始終を正確に捉えているからである。生きることの手触りをひとつひとつ学ぶ、それが佐伯一麦の小説であるけれど、ここではそれが配電盤の仕事になり、配線の仕事が〝この世界の中に、巨大な一筆書きを描くこと〟であるという感覚を理解することができる。電線を扱いながら、絵画を想像し、一日の終りにクラシックを聞いて慰めを得る職人の生活が、自分と同じと考えられるようになる。家に帰れば心を通わすことが難しくなった妻がいて、緘黙症の長女と元気な次女と川崎病の幼い息子がいる風景は特殊かもしれないが、配偶者や子供たちとの健やかな生活を思う父親の気持ちは誰にとっても親しいものであろう。
佐伯一麦の読者なら、ここで描かれている夫婦関係がやがて破綻し、別々の道を歩むことになることがわかるけれど、『渡良瀬』を私小説作家の自伝の一つとして考えずに、完成された小説として見れば、ここで描かれる家族の別の将来も見えてくるし、明るい未来を思わずにはいられない。それほど日々無事にすこやかに、心おだやかに過ごさんことを祈らずにはいられないほど、誠実で、ひたむきな一人の男の姿があり、誰もが胸をうたれるのではないか。余談になるが、『渡良瀬』では緘黙症の長女の姿が痛々しいけれど、『還れぬ家』には母親にかわって堂々と父親（作家）と交渉する三十数年後の頼もしい姿がある。

枕が長くなってしまった。本書『ア・ルース・ボーイ』である。一九九一年度の第四回三島由紀夫賞を受賞した名作だ。選考委員は江藤淳、大江健三郎、中上健次、筒井康隆、宮本輝という豪華メンバーだが、候補作もいまみると豪華である。松村栄子『僕はかぐや姫』、矢作俊彦『スズキさんの休息と遍歴――またはかくも誇らかなるドーシーボーの騎行』、芦原すなお『青春デンデケデケデケ』（この作品は二カ月後に直木賞を受賞する）、いとうせいこう『ワールズ・エンド・ガーデン』、そして奥泉光『葦と百合』である。とくに矢作作品と奥泉作品はそれぞれの代表作のひとつに数えられるほどだろう。

物語は、十七歳の斎木鮮が、同い年の幹を待つ場面から始まる。斎木は高校三年になってまもなく理不尽な教師の行いもあり、中退をきめる。進学率百パーセントの進学校で唯一のドロップアウト。幹は一カ月前赤ん坊を生んだばかりで、同じく学校をやめて、二人して職安にいくところだった。しかし職安に行ってもいい仕事がなかった。

二人は同棲に近い生活を送りながらも、斎木は幹と性的な関係を結べなかった。五歳の時に十八歳の少年に性的暴力を受けて以来、性行為に拒絶感があったからだ。斎木はやがて電気工のアルバイトを見つけるものの、幹は赤ん坊をつれて彼の前から姿を消す。

久しぶりに再読して、新鮮な印象を覚えた。高校を中退した少年が配電工の仕事で高校の屋根近くにのぼり、自らの成長を思いやり感慨に耽るというラストシーンを覚えていて、まさに学生生活の楔から解き放たれた自由な（ルースな）少年の旅立ちという印象が強かったのだが、今回再読して、ルースの本来の意味、緩んで、ずさんで、だらしないような情況に身をおかざるをえない少年の切実な心情が伝わってきて、逆に身につまされた。とくに主人公の前からいなくなった幹と梢子を求めて恋い焦がれるところが、何とも切ない。抑制のきいた文章なので、その切々たる思いは謳われることはないけれど、行間から苦しみがこぼれおちてくる。

いや、切なく苦しいという点では、主人公が幼くして被害にあう性的暴力も、それを口にできなかった少年の絶望も、また主人公の混乱した性的欲望をひたすら忌避する母親の姿も辛い。

近年日本でも性的虐待やトラウマといったものが語られるようになったが、一九九〇年ですでに大きな主題として小説の中に据えられていることは驚きだろう。

余談になるが、このトラウマについては、当時の三島賞の選評（「新潮」一九九一年七月号掲載）で中上健次も触れている。つまり、性的暴行のトラウマは、作者自身のトラウマであり（作者は実際にそのことを告白している）、ほかの作品でも書いているのにまた書いてという批判もあるが、そうではない。「作者は十七歳の少年の性の成熟を書く過程でのそのトラウマを今一度、描かねばならなかったのである。トラウマを別なものに取ってかえる事が出来るならこんな楽な事はない。だが画家が画面のどこかに自画像を描き込むように、トラウマはあらわれる。このエピソードがあるが故に、読者である私たちは十七歳の少年精神分析すら行うのである。暴力への忌避と思慕。自己破壊衝動。母への思慕と叱責。少なくとも日本の近代文学はそこに表現を与え続けて来たのである」と。

逆に、表現を与え続けて来てこなかったのは、肉体労働の喜びだろうか。本書で目をひくのは、肉体労働の充実ぶりだろう。さきほども書いたが、佐伯一麦は初期のころから電気工の仕事の一部始終を書いていたけれど、本書でも電気工やマンホール掃除の話が熱心に語られる。三島賞の選評をひもとくと、江藤淳は坂上弘との作品と比較して弱いといいつつも、「電気工事とマンホールが開示する世界には、終始新鮮な喜びと驚きを感じた。この労働の爽やかな味わいは、逆に坂上氏の初期作品の世界のどこにも見いだし得ないもの」といい、筒井康隆は「文学の正道を行くもの」で「電気工事や下水工事のリアリズム描写の面白さは抜群の文章力と断じられる」。大江は「現実の手応えをしっかりと感じとっている十七歳の少年を描いている」といい、電気工事や下水工事の場面、幹がテニスボールを打つ場面、それから隣室の夫婦のモラルの描出などを称賛している。

いちばん熱心に褒めているのは、宮本輝だろう。「佐伯の内的生理は、高校を中退し電気工として働く主人公の汗まみれの労働と心情を丁寧に無骨に描写しつつ、そこに何かよるべのない病質を浮かび上がらせている」「だから、『ア・ルース・ボーイ』という正攻法の、てらいのない、地味な小説は、主人公の子供ではない赤ん坊をともなって主人公と暮らし始めた幹という女を、一輪の鮮やかな花のように咲かせえたのだ」と。

たしかに幹という女性の存在感がいい。優しく真摯で可愛らしいけれど、どこか大人びていて、全てを語ることなくフェイドアウトして自分の道を歩んでいくような確かさがある。いや幹だけではなく、ブラックとよばれる教師も、沢田電設の社長の沢田さんも、中学時代の旧友の大山も、ワンシーンしか出てこない父親も、的確な描写で輪郭がくっきりしている。出てくる人物がみな魅力的だ。

それはみなしっかりと自分の足でたっているからだろう。たとえ気に入らない存在でも、主人公の視線はまっすぐで、汚れていないから、主人公が嫌っていても、卑しい存在にはならない。何よりも、日々を大切に生きていく姿勢がある。労働の場面が生き生きとしているのは（選考委員が褒め、ほとんどの読者もまた気に入るのは）、仕事を確実にこなし、新たな発見をして、さらなる技術をみがき、充足を得ようとする心構えがあるからである。少年らしく無謀で衝動的でありながらも、謙虚で誠実であることを忘れず、生きる手触りを一つ一つ大事にしていく。これは、佐伯作品の人物たちがみなもつ特性であるが、読み返せば、『ア・ルース・ボーイ』にすでに顕著であることがわかる。初期だからすこし律儀なところがあるけれど。

そういえば、本書を激賞した宮本輝も、次のような言葉で締めくくっている。「佐伯氏は、小説を書くことに関しては律儀すぎる作家であろうから、今回の受賞が大きな自信となり、いっそう堅牢な、独自な世界を生みだしていかれることを祈っている」と。

その祈りはかなっただろう。三島賞受賞が〝大きな自信となり、いっそう堅牢な、独自の〟私小説の世界を生み出して、ほかの追随を許さないほどの高みに達している。宮本輝が想像した以上の大きな作家になった。

そういう意味で、佐伯ファンなら、いまいちど本書を再読してほしいし、佐伯一麦の小説を一度も読んだことがない人なら、ぜひ名作である本書を手にとってほしいと思う。

（文芸評論家）

P+D BOOKS ラインアップ

三匹の蟹　大庭みな子　●愛の倦怠と壊れた〝生〟を描いた衝撃作

水の都　庄野潤三　●大阪商人の日常と歴史をさりげなく描く

抱擁　日野啓三　●都心の洋館で展開する〝ロマネスク〟な世界

別れる理由1　小島信夫　●伝統的な小説手法を粉砕した大作の序章

別れる理由2　小島信夫　●永造の「姦通」の過去が赤裸々に描かれる

帰去来　太宰治　——太宰治 私小説集　●「思い出」「津軽」太宰〝望郷作品〟を味わう

P+D BOOKS ラインアップ

ソクラテスの妻　佐藤愛子　●若き妻と夫の哀歓を描く筆者初期作3篇収録

女優万里子　佐藤愛子　●母の波乱に富んだ人生を鮮やかに描く一作

黄昏の橋　高橋和巳　●全共闘世代を牽引した作家〝最期〟の作品

堕落　高橋和巳　●突然の凶行に走った男の〝心の曠野〟とは

白く塗りたる墓・もう一つの絆　高橋和巳　●高橋和巳晩年の未完作品2篇カップリング

誘惑者　高橋たか子　●自殺幇助女性の心理ドラマを描く著者代表作

（お断り）

本書は1994年に新潮社より発刊された文庫を底本としております。
あきらかに間違いと思われるものについては訂正いたしましたが、
基本的には底本にしたがっております。
本文中にはきちがい、白痴、労務者、日雇い、土工、看護婦、吃り、
私生児、老婆、アル中、サラ金、土方、坊主頭、バカチョンなどの言葉や
人種・身分・職業・身体等に関する表現で、現在からみれば、
不当、不適切と思われる箇所がありますが、著者に差別的意図のないこと、
時代背景と作品価値とを鑑み、原文のままにしております。
差別や侮蔑の助長、温存を意図するものでないことをご理解ください。

佐伯一麦（さえき かずみ）
1959年(昭和34年)生まれ。宮城県出身。1990年『ショート・サーキット』で第12回野間文芸新人賞、2004年『鉄塔家族』で第31回大佛次郎賞を受賞。代表作に『ノルゲNorge』『渡良瀬』など。

ア・ルース・ボーイ

2019年8月13日　初版第1刷発行
2024年7月10日　第2刷発行

著者　佐伯一麦
発行人　五十嵐佳世
発行所　株式会社　小学館
〒101-8001
東京都千代田区一ツ橋2-3-1
電話　編集　03-3230-9355
販売　03-5281-3555
印刷所　大日本印刷株式会社
製本所　大日本印刷株式会社
装丁　おおうちおさむ（ナノナノグラフィックス）

ISBN978-4-09-352372-1

P+D BOOKS